愿岁月温柔，往事可回首

读者文摘精华

（纯爱版）

月魄　主编

北京工业大学出版社

图书在版编目（CIP）数据

愿岁月温柔，往事可回首 / 月魄主编 . —北京：北京工业大学出版社，2017.9
（读者文摘精华：纯爱版）
ISBN 978-7-5639-5638-8

Ⅰ . ①愿… Ⅱ . ①月… Ⅲ . ①故事—作品集—世界 Ⅳ . ① I14

中国版本图书馆 CIP 数据核字（2017）第 188400 号

读者文摘精华（纯爱版）· 愿岁月温柔，往事可回首

主　　编：月　魄
责任编辑：马潇潇
封面设计：艺点视觉
出版发行：北京工业大学出版社
（北京市朝阳区平乐园 100 号　邮编：100124）
010-67391722（传真）　bgdcbs@sina.com
出 版 人：郝　勇
经销单位：全国各地新华书店
承印单位：三河市九洲财鑫印刷有限公司
开　　本：787 毫米 × 1092 毫米　　1/16
印　　张：13
字　　数：179 千字
版　　次：2017 年 9 月第 1 版
印　　次：2017 年 9 月第 1 次印刷
标准书号：ISBN 978-7-5639-5638-8
定　　价：25.00 元

序 温柔的时光，是记忆里永不散场的电影

此岸是来路，彼岸是归途。其间就是滚滚红尘，还有如影相随的故事。站在岁月的两端，可愿回首点滴？或寒凉，或温暖，或平淡，或刻骨……装点着此岸到彼岸的绚烂，让记忆留住那一段温柔的时光。

多年前，可曾有一个少年摇曳你心田的百合？可曾有一位洛水女神踏歌入梦，帮你开启爱情之门，助你走上情感之旅？

从日出到黄昏，从初春到冬末，思念与牵挂萦绕心间，甜蜜与忧伤相伴跌落梦境。

都说，青春是一帘长长的幽梦。在朦胧的梦里藏匿着很多的秘密，期待有人分享。那些坐在前排的人，却是梦里的天使和白马。那些泡在图书馆的日子，是最甜蜜的时光。隔着几排座，看着你的脊背，看着你摇动的笔，看着你白皙的脖颈、流泻腰际的秀发，内心狂跳不已，嘴里却说我们只是无话不说的朋友。入夜，白日的嬉笑怒骂幻化成了满腹柔肠。猜想今夜你会入梦，然后枕着那一张笑脸，怀揣着忐忑与希望入眠。梦里的悲欢，淋湿了怀中的抱抱熊。

都说，青春里满是明媚的忧伤。就似初春的雨，给予大地惊喜，给久旱的土地带来希望，却不能深切地浸润土壤的心田。那时的忧伤、那时的情感，是对希望的渴盼，是对生活的期许，更是对未来人生的一次彩排和预演。一切遵从内心，不征询意见，不取悦周遭，只在乎当下，无畏无惧、义无反顾。情感酣畅淋漓，行动是那般不计后果与奋不顾身，即使在所有人眼里都是荒诞的，但自己却认为是理所当然。不论回馈给自己的是眼泪还是伤痛，不论遭遇了怎样的碾压与打击，总是挂着眼泪微笑，感慨岁月不是理想中的模样，然而总能鼓起勇气执着探索着自己的人生，寻求真正的幸福。

都说，青春的怀想都是温柔而绚烂的。那时，我们都憧憬着水晶鞋与南瓜车般的爱情，即使距离远如天边的星星，也会虔诚地祈祷星星变成花瓣雨，降临到自己的手心。即便最后的结局如海的女儿，也为自己悲壮的爱情自豪与骄傲。那时，我们都在为自己与心仪的他编织着绚烂的未来。期待十指相扣，无所畏惧地闯荡高楼林立的大都市，挣得属于自己的一片天空。即使住着地下室，吃着泡面，啃着冷馒头，只要手心里还握着温柔，再疲惫的身心都能瞬间满血复活。

也曾幻想与心爱的人儿寻得一份安稳的工作，手牵着手地过着朝九晚五的生活。闲暇时在乡野林间缓行漫步，听着雀叫蛙鸣，呼吸着馨香的空气，静享时光温柔，岁月静好。

一切始于幻想，一切也止于现实。

大学校园是人生的梦之园。

之后，一别数年，或者一别一生，可是在记忆的长河里那些时光是温柔的，暖暖的。有过的伤痛和眼泪都是幸福而明媚的。总是在春暖花开时，总是在炊烟袅袅中，总是在迷离的细雨里，总是在清晖抚慰的小巷深处，或者午后的暖阳里，那些消失已久的故事徐徐归来。

再回首，背影已远走，再回首，泪眼蒙眬。留下的是让人缅怀的时光，不管经历了多少的挫折与磨难，那些往事总是温暖着时光里逐渐成熟并老去的我们。

感谢生命中的伤痛和欢笑，感谢生命中的寒冷和温暖，感谢生命中的粗暴与温柔，让生命不再苍白，绘上绚烂的色彩，书写永恒的篇章。

时光温柔，往事总堪回首。

月　魄

目录
Contents

第一章
和别人谈起你，是我想你的方式

第二章

你是电你是光，你是唯一的传说

第三章

世界因你而动，潮起潮落皆因你

第四章

你我简单牵手，胜过一万次承诺

第五章

向左走向右走，你我成了陌路人

第六章 满秋思赋予卿，春风十里不如你

第一章

和别人谈起你，是我想你的方式

这一生中，我们会遇到很多人，多年后再提起曾经暗恋过的人，或许早已忘记。谁的青春伴我同行？到头来，剩下的不过一场回忆而已，可有这回忆，却也够了。

——尔雅

和别人谈起你，是我想你的方式

尔　雅

三伏天的时节，余半夏坐在凉席上，抬眼盯着阳台外郁郁葱葱的绿树，耳边蝉鸣不绝。

微信群里的消息爆满，余半夏不想去理会，作为资深话痨属性者，她这次是难得的安静。

前天的同学聚会，她本来和班长热情张罗着，名单核对过了，活动也安排好了，一切可以说尽在掌握之中。可是谁能告诉她，她一个主办人怎么不知道还有一个惊喜环节？而这个惊喜就是陈倦的出现。

她承认，作为班里唯一一个留英高才生，大家和陈倦的联系是少，可也用不着捧他捧得这么高。

当晚，余半夏收起平日的好玩儿劲儿，坐在角落里当了一晚上背景板。

有没有人告诉过你，第一次见面心动的人，时隔多年后还是会心动？

那张眉峰凌厉的脸曾是余半夏午夜梦回时的感叹，过去太荒唐，她想都不敢想，更别说重逢。

怎么过去这么多年，他还是长那么好看呢？

余半夏过去的三四年内曾不止一次懊恼并后悔自己是个“颜控”，要是内心足够强大，不就遇不上这一遭事儿吗。佛有八苦，矫情点说，这八苦中唯求不得最苦。

奶奶端来一盘桂花糖藕，余半夏的鼻翼动了动，久违的桂花香让她瞬间明媚起来。枕在奶奶的腿上，蒲扇慢慢地摇，她问：您是怎么跟爷爷认识的啊？

奶奶把蒲扇拍到余半夏脸上，轻轻呵斥：小孩子家家，谈这些羞人的东西。

恍神间，她在奶奶微恼的眼神里看见了几分害羞，更缠得紧想要知道，奶奶拗不过她，只好答应，不过要在她生日那天告诉她。

半夏半夏，她出生在夏天的半时。树叶绿得发油，阳光炙热烤人，这季节虽说生机勃勃但也足够磨人。

她的生日快到了。

手机震动了两下，显示有一条未读信息，她知道是陈倦。

“你好吗？”

余半夏思虑半晌，回了句：嗯。

像陈倦这样的“套路帝”，像眼镜蛇般危险的他，从大一到大四，耽误了她两场恋爱。她一直以为他们会在一起，她不知道陈倦只会撩不会负责，当她知道，已两三年过去了。

在奶奶家歇了两天后，余半夏回了南京。

虽说她任性恣意惯了，却也是二十五六的人了，不会不明白责任二字，她不能放着手下一堆员工不管。

其间陈倦没有打过电话，信息发了几条，也是再寻常不过的问候。

往事这东西，适合下酒，若闲时被提起，定要是熬到脾脏俱痛的。

陈倦是余半夏的学长。

九月的天还免不了酷热，余半夏独自拎着行李箱办入学手续，成堆“小鲜肉”中，她一眼就看中了埋头写东西的陈倦。

余半夏一直相信一见钟情。

陈倦的棕色瞳仁，陈倦的微卷发梢，陈倦嘴角旁有一颗微小的痣。对余半夏来说，他是神坛上熠熠发光的金身佛人，而她只是佛寺香案前，刚被人采摘以用来供奉的石榴。

大一的时候，余半夏会偷偷跟着陈倦去图书馆，坐在离他两个位置的地方看着他的背影傻笑。她从来就不是学霸，可靠着偶尔的努力，期末竟出奇得了第一。

发奖状的时候，陈倦对她笑了笑，鼓励她继续努力。

大二的时候，余半夏发现陈倦每晚会去操场跑步，她跟过去，制造一次又一次偶遇。时间久了，两人竟然熟络起来。余半夏的生日是 7 月 16 号，陈倦的生日是 6 月 17 号，余半夏一米六八，陈倦一米八六，余半夏喜欢张悬，陈倦喜欢方大同。

余半夏想，他们真是天造地设的一对。虽然什么都反了，虽然张悬和方大同没有半毛钱关系。

大三的时候，余半夏开始了对陈倦的主动出击。

她问：“陈倦，我能不能抢你做我的压寨老公？”

她说：“陈倦，我的眼睛很好看，我的眼睛里面有你。”

她说想他他就笑，不接受也不拒绝，任由她吵吵闹闹在他身边一待几年。

余半夏桃花朵朵开的时候，她骗陈倦说自己有男朋友了。陈倦说我猜到了，说让她男朋友小心点，趁不在的时候要把她带走。就这一句，余半夏又开始了对他的穷追不舍。她总觉得，陈倦像在“套路”她，可是自己心甘情愿确也怪不得别人。

大四的时候，陈倦毕业去了英国。她曾经每天都像雀儿找食般和他人谈着陈倦，他在学校的人气，他的情商高，他唱歌真的好听。他是她的风景，如今风景不再，只剩旧人。

大四下学期，余半夏决定认真谈场恋爱。谈了半年多，毕业时散了，她一直找不到状态。

陈倦联系过她一回，她问："你和她好吗？"

"那你和他呢？"

"还不错，你呢？"

"她刚刚告诉我还不错。"

余半夏挂了电话，她始终不明白陈倦对她是怎样的情感。她也胆小，没当面表白过。大大咧咧如她，只敢旁若无人地孤勇，受不起戳破伪装的真相。

真相是什么呢？

她觉得，他不爱他。

余半夏生日那晚，奶奶拿出一个老式的化妆盒，打开层层绢布，把一个银制的戒指放到她手里。

暖光下，余半夏注意到戒指上的半朵莲花。

奶奶说，她这辈子最爱的不是爷爷，是一个叫南生的人。

南生是她家的长工。

奶奶是大户人家的女儿，也不知哪个契机，两人擦出了火花便一发不可收拾，想想长辈们，也明白是怎样都不会同意他们的。

爷爷和奶奶是发小儿，感情自是亲如兄妹。无处排遣时，奶奶便同爷爷说了说，爷爷回去想了一晚上，偷了家里的钱计划着三个人一起走，若是半路被逮住，就说是三人出游迷了路。

奶奶说，出逃那段时间，是她这辈子一想起来就会笑的时光。白天，南生出去做工，奶奶在家缝补，两相安好，好不快乐。

奶奶生日那天，南生带奶奶去银匠店。一戒雕刻半莲，合二为一是整体，这是他们之间的信物。爷爷觉得时机已到，安顿好他们，准备离开，刚走到渡口就被家里人找到了。

爷爷谎称三人出游，回家后被逼着娶了奶奶。

那时还是女子贞洁大于天，父母之命媒妁之言的年代。长辈们以为爷爷和奶奶私奔，掂量了一番，很快便办了婚礼。南生则被赶了出去，再无音讯。

奶奶生性胆小，断然不敢再做什么违规的事情。爷爷和她说这辈子，定会敬她爱她。这慢慢地，几十年就这么过来了。

余半夏听得如痴如醉。

奶奶说，夏夏，遇到一个自己喜欢的人不容易，要珍惜。

余半夏点点头，心中想的却是：就算我有十分喜欢，人家却连零点五分都不到，这般无奈有何珍惜可言。

临睡前，余半夏收到了陈倦的信息，祝她生日快乐。她心中烦躁，搞不懂他到底想干吗。余半夏披了件衣服坐在阳台上发呆。

“你信不信，有人翻山越岭只为跟你看一次星星？”

“不信，太傻了吧！”

“余半夏，我信的。”

陈倦一直是浪漫主义者，她有时觉得他是天生的行吟诗人，不动声色就能把你撩拨得心神荡漾，当你试图追随时，他又摆出一副诗人孤独的姿态来拒绝。

当晚，余半夏许了个愿，希望陈倦远离她的生活。她知道自己的惰性，一遇上陈倦就跟吸了大麻似的，脚底下是悬崖也不吭声地往下跳，可她不再年轻了，没有时间再博一段似是而非的恋爱。

第二天，余半夏接了陈倦的电话。

陈倦说：“半夏，好像你一直就很迟钝，你看不出来吗，我一直很喜欢你。”

余半夏愣了半晌，说："你别逗了，你不喜欢我。"

"你记不记得有一次，你突然跟我说你喜欢我，我相信了。我以为我们要恋爱了，谁知道你再也没了下文。我好不容易鼓起勇气在微信上跟你告白，你却说我不是喜欢你啊，我不喜欢你怎么会和你做朋友呢？"

"陈倦，我也有心，我是活生生的人，容不得你这样伤的。"

余半夏一口气说完，电话那端没了声音。

良久，陈倦说："余半夏，我都快奔三了，为你我还要学追女孩儿。"

余半夏挂了电话。

她不知道他的喜欢值多少钱，她也不想深究。她是喜欢他，最后会怎样，她也不知道，只能交给时间。

余半夏突然想起曾经看过的一句话：如果想念一个人，就会变成微风，轻轻掠过他的身边。就算他感觉不到，可这就是你全部的努力。

人生就是这样子，每个人都变成各自想念的风。

一年后。

陈倦和余半夏在南京完婚。

婚礼上，陈倦读了一首诗。

"一望可相见，一步如重城。所爱隔山海，山海不可平。所思隔云端，奈何凡肉身。愚公不复见，精卫长泣鸣。天神犹降怜，谁可恨终生。海有舟可渡，山有路可行。此爱翻山海，山海俱可平。可平心中念，念去无自唏。但可寻所爱，永不弃己心。"

相遇的人终会再见，再见时便是重新续缘之时。

你看，兜兜转转许久，你还是我的。

你注定是我的。

你送我地上星，我送你掌上雪

亭后西栗

隔壁办公室的女孩失恋了，一个人躲在走廊的角落哭泣，哀愁如同梦中冤魂，缠绕着整整一层的员工。

南芳揉着太阳穴，拿着杯子从茶水间回来，刚好听见有人低语说城郊正是游玩佳地，宿营的夜晚会遇见很多萤火虫。

“你们在做什么？”南芳冷冷地看向谈话方向问，“周一要的计划书做完了是吗？”

在南芳的扫视下，关于萤火虫的讨论戛然而止，办公室里只剩下沉默，应答着从走廊飘来的呜咽声。南芳在心里叹口气，目不斜视地回了办公室。

她今年 29 岁，在进入社会的第七个年头，已经从公司实习生一路爬到业务主管的位置，虽说这一路拼得艰苦卓绝，但至少赢得了高薪待遇，对于来自小城市的南芳来说，也算是可喜可贺的成就。

此刻，南芳坐在自己的办公桌后盯着电脑，心思却飘向了城郊，多年前那些在夏夜里飞舞的萤火虫，蹚过记忆的河流，不慌不忙地回到她眼前，让她不禁反思，自己到底有多少年没再见过那荧光点点的美景，又有多少年没空去寻找最简单的美好，最纯净的感动？

南芳刚毕业那会儿，无论房租水电还是服装交通，都要自己置办，她手里拮据得厉害，就连休息日到周边游玩都是种奢望。和她的情况相似，其他留在当地的同学也不富裕，大家偶尔会凑到一起吃顿大排档，喝几口啤酒，全当解闷。也正是在这样一来二去的热闹里，南芳认识了高她一届的杜成，他替她挡酒，送她回出租屋，还把电话号码留在她的手机里。

“这个周末我们到东郊去玩吧！”一次聚会，酒过三巡，忽然有人这样提议。

“东郊？东郊有什么好玩的？就是一片宿营区，不过那地方倒是不收门票。”

在座的几人七嘴八舌，南芳却有些不知所措，脑子里无数画面浮现，和各种问题重叠在一起，根本无心听他人讨论。

去宿营？那是不是还要准备帐篷睡袋？是不是还会产生一些小暧昧？就像电影里演的那样。她一个初入社会的小职员，既没有钱，又没有胆去尝试这样大胆的活动，于是，南芳暗下决心，不管这次同学们说什么，她都以加班来回绝。

但还没等她开口，就听到杜成的声音拦截了话题。

“想宿营的话，大家还要现去买东西，不如连夜赶回来，我有同事家里有车，借一个晚上应该不成问题，实在不行租车也可以，我们自己开车的话两个车肯定能装下。”

这个实用省钱的办法立刻被全票通过，几个人当场推举杜成为本地同学会的会长，并将东郊游玩的各项事宜交由他处理，之后便推杯换盏，继续聊起职场里那些捕风捉影的烦恼，只有南芳一个人坐在那里左看看右看看，连拒绝的话都不知该对谁说。

大约是看出南芳的犹豫，杜成站起身，借去卫生间的机会走过南芳身旁，微微俯下身，在她耳边低声说：“我听说这个季节的东郊夜景很美，别那么紧张，我会保护你的。”

他的体温携着口中的酒气汹涌而出，打在南芳的侧颊，伴着一股洗发水的清新味道，如同火热的薄荷香，烧得南芳一阵阵脸红，之前被啤酒催得兴奋忙乱的心脏正跟着怦怦直跳。

这种羞涩与慌乱，直到南芳坐进奔往东郊的汽车里，依旧没有减弱，反倒因为杜成的在场而变得更加强烈。

南芳和另外两个女孩挤在后座，时不时地瞄一眼前面开车的杜成。他开车的时候很专注，迎面而来的车灯照亮了他的侧脸，浓浓的眉毛和宽阔的额头刚好落在后视镜里，这让南芳呼吸急促，渐渐竟有种晕车的感觉。

于是，当经过了一个小时的车程，终于在东郊的宿营区停下时，南芳已经脸色苍白，满头虚汗，胃里翻江倒海，恨不能把当天的早饭也一并吐出来。她蹲在地上缓了好一会儿，才慢慢抬起头来。

天色昏暗，但到处都是人影和灯光，小小的圆顶帐篷遍布周围，仿佛是夜晚来临时从地底冒出的巨型蘑菇，喧闹声和孩子们的笑声不断传来，就像另一场热闹的聚会。

“南芳，你没事吧？要不要回车里躺一会儿？”同行的女孩问。

南芳摇摇头，小心地站起来，试着向前走去。

“我没事，我找个安静点的地方休息一下就好了。”

同行的女孩自然不放心她一个人走，便硬搀着她，在昏暗中穿过树林和帐篷，找到一处安静的地方扶她坐下，又陪她待了一会儿，才被南芳劝走。

经过这番折腾，南芳出了一身汗，精神也恢复不少，加之身上乏力，她索性靠坐在树下，欣赏起夜景来。

这里的树木枝干粗细中等，树冠也不是很大，虽然叶子茂盛，但依旧能透过树冠间的缝隙看到星空闪烁。

南芳仰头看着星星，试图找到她熟悉的星座，却很快被为数众多的光点晃得迷了眼，甚至产生了错觉，看到星星在移动，而当她揉揉眼睛再看时，头顶的星空却一切如常。

“南芳，你好点了吗？”

随着这声问候，杜成出现在南芳身后。他的突然出现让南芳顿时手足无措，她甚至没有看到杜成微拢在身前的双手。她有些慌乱地转头笑笑，试着找些无关痛痒的话来寒暄，脸上却像那天在餐桌旁一样红得发烫。

“我好多了，你怎么没和他们在一起？”

“我有东西给你看。”

杜成说着走到南芳身旁，让自己尽量自然地坐下来，将合拢的双手伸到她面前。

“猜猜里面是什么？”

原本紧张不已的南芳突然觉得好笑，在她看来，这不过是种老套的搭讪方式，就像谈论天气一样。于是她敷衍地看看，随口说了句：“不知道。”

杜成却认真地笑笑，打开了手掌，就在南芳眼前。

宿营地的灯光远远照过来，昏暗中杜成的掌心有点点星光闪动，那是几只小小的萤火虫，被杜成托在掌心，正迷迷糊糊地爬动着。南芳不禁深吸一口气，她想低声惊叹，又生怕惊走了眼前的奇景。她就这样盯着那些明灭的光点，任由它们跌入自己眸中，宛若繁星。

过了几秒，那几只小虫缓过神来，猛地一张翅膀，摇晃着飞升起来，重新回到夜色里，不慌不忙地飞远，只剩南芳还呆呆地坐着，用目光追逐着那些闪光，丝毫没有注意到身边的杜成向她轻轻地靠拢了一些。

“你知道吗？有人给萤火虫取名叫‘地上星’，很有诗意的名字。”

“确实……”

南芳并没有留意杜成在说些什么，她只是专注地看着萤火虫慢慢飞远，再看着另一些翩翩靠近，它们的光芒点缀着她的回忆，让那一夜诗意得如此完美。

即使是在六年之后，南芳再想起当时的场面，眼中依旧是怀念与憧憬。

那是一个夏天的夜晚，当空气中浮动着花草的味道，成群的萤火虫便会出现，飞在浓浓的夜色中，忽远忽近，如梦如幻，坐在树下的懵懂的年轻人，数着天上星地上星，来不及彼此相拥。

后来又过了许久，南芳才知道，所谓“地上星”，其实来自那段时间走红小说里的爱情桥段，她不免笑自己的单纯无知，也笑杜成当时的谨慎含蓄。可是，那个送出“地上星”的杜成已经随着工作的调换离开当地，两人慢慢地少了交集，就像散落在星空映衬下的萤火虫，再难寻其踪影。

“又到夏日，突然想起那年东郊的萤火虫，好想再去看一次。”南芳在朋友圈里这样写。

第二天，她收到了杜成的留言。

“我明天刚好去那边出差，你没事的话明晚可以一起。”

“晚上人太多，我们还是约在白天吧。”

“好。”

夏季的东郊，热烈的阳光从树叶的缝隙间挤过，急不可待地洒在杜成身上，他远远地看到南芳正背对着他，俯身蹲在地上，不知在忙着什么。

“南芳？”

南芳扭过头，额头满是汗水，化了淡淡的妆的脸上泛着油光，稍显狼狈，却更添可爱。

“怎么了？你哪儿不舒服吗？”

不知为什么，杜成脑海中突然闪过当年她晕车晕到痛不欲生的样子，竟是一阵心疼。还不等他再问，南芳拢着的双手已经举到他面前。

“我有东西给你看，猜猜里面是什么？”

眼前的南芳笑容狡黠，却让杜成有种恍若隔世的错觉，似乎是一直等待的事情终于有了答案，又像是一个沉睡多年的好梦被轻轻呼唤。

“我不知道。”他轻声说。

南芳笑着将双手打开，赫然是满握的雪白与柔软，在微风中摇荡，伴着那些当年没能说出的话语，一起苏醒过来。

“你送我地上星，我送你掌上雪。”

东郊的野外，蒲公英在悄悄盛放，不惧骄阳，不避轻风，等待萤火虫提灯踏夜而来，就像不知从哪一年开始，他在等她明白，而她在等他回来。

夏天的味道，那是属于你的记号

张建伟

依稀还记得在大一时第一次见到你的情景。那是一个夏天，空气中到处弥漫着火的气息，在炙热的太阳下，似乎整个大地都要被毁灭了。教室里四台破旧不堪的吊扇发出吱吱呀呀的呻吟声，像是哀鸣，但这种哀鸣声早已淹没在喧闹的人声中。

而你，不经意间悄然而至。

那天，你扎着马尾辫，穿着一条蓝色的短裙，走了进来。清秀的脸庞、白皙的肌肤瞬间映入了我的眼帘。透过你那水灵的眼睛，我似乎看到了自己的影子。在我惊呆的目光里，你似乎也注意到了我，慌乱不堪的我不小心把手里拿的书掉在了地上。你抿嘴一笑，走了过来，帮我拾起。你那温柔而略带羞涩的笑容，久久地留在了我脑海里，完全打乱了我内心的宁静，我忘了这世界上还有别人存在。在你蹲下的那一瞬间，你的发间飘散出一缕芳香。

因你，恋上了这个夏天。

从那以后，我体会到了快乐，也体会到了苦涩。我不知道是不是喜欢上了这种感觉，也不知道是不是因为那缕芳香而喜欢上了这个夏天。我每天脑海里浮现着你的影子，而每一天却只能远远地看着你。

你身边围绕的男生很多。你是一个心地善良的女孩，对那些主动接近你的男生，你从来都是笑脸相待，却极有分寸。我也有想要接触你的冲动，总缺乏勇气。对于围在你身边的那些人，我只能假装不在意，越是不在意，心里越是不安。

至今我还清晰地记得，那天天气很热、很闷。早晨第一节课就让人喘不过气来。“嘎吱嘎吱”的电风扇除了发出噪音，一点凉风也没有，让人更加烦闷。

教室里，同学们全都瘫软在桌上，你看上去脸色很不好。我心里极为不安。可是我没有勇气给你送上一两句关怀的话语，只是默默关注着你。

没想到，第二节刚上课，就有人惊呼：有人晕倒了。我的心一下提到嗓子眼，真怕是你，转头看果真是你。我想急速穿过围观的同学，把你抱起送往医院。可是你邻桌的男同学已经把你抱起冲出了教室。

那一刻，我感觉心被剜走，很疼，很疼。我已然感觉自己要失去你了，尽管你从未属于过我。

第二天，到教室，我很想问你身体感觉怎么样。可是，看着你和送你去医院的男同学很亲密地在交谈，你不时发出愉悦的笑声，你的眼神一直注视着那个男同学，完全看不见周围的一切。我知道，我的问候是多余的了。

那个夏天，那缕芳香让我欢喜，也让此刻的我那么忧伤。可是我偏偏就是爱上了那缕芳香，因为那是你的味道。

人，真的很矛盾。一边奔跑着期盼着，一边又步履蹒跚地挣扎着。若将失去，又何必在意。经过此前种种，我想忘了这一切，忘记那若隐若现的伤和乐，回归到我的课本中来，不去想。我努力忘记关于你的一切，每天只要一有时间就泡在自习室里。我想，终有一天，我会忘记那缕芳香。

可是，缘分未尽，何以离场？越想回避，越会遇见。

那天，我坐在广播站里看书。突然听到一阵轻盈的脚步声，抬头一看是你。我一阵慌乱，都忘记和你打招呼。你看见我也很惊讶，微微翕动嘴唇却没有发声。几十秒钟后我听到：“张建伟，你怎么在这里？”

你的惊讶瞬间变成了惊喜。

我如小鹿撞怀，结结巴巴地问：“你怎么过来了？”我能听出自己的声音有些发抖。

“今天不是我们学校广播站招播音员吗？我是过来试试的。”

“是的，不过站长有事出去了。你在这里登记一下，等站长一过来，我就告诉他。”我稳定了一下情绪。

“哦，好的。”登记完，你便问我怎么在这里。我告诉你，站长是留校的学生，他人很好的，我们是住在同一栋楼上的，通过和宿管老师一起下象棋认识的。认识后，他就让我来广播站帮忙，平时课余的时间就是待在这里。

那天，你告诉我说，你特别喜欢播音和主持，以前学校里举办的各种活动，你都是主持人。你还说，如果不是爸妈干预，你大学上的专业肯定是播音主持，你说这句话时，眼里满是忧伤。为了不让你沉浸在伤感的回忆里，我和你聊起广播站的新鲜事。随即我们又聊到学校新闻热点。当你说到做主持时，嘴角上扬，露出自信的微笑。

我痴痴地看着你那美丽的脸庞，你的笑容就似孩子般干净。假如时间能停止在这一刻，我宁愿放弃所有，只愿永远看着你的笑颜。也是那一次，我主动找到了站长沟通，让你顺利成了广播站的一名播音员。

在试音那一天，为了助你成功，我早早地来到了广播站，为你准备好了试音稿。“走过繁华都市，徜徉古镇小道，穿越自然奇景，漫步沙滩岸边，你想怎么玩，走东街，串西巷，尝尽异域小吃，访红窗，探古迹，微风轻拂，和风闲适……老师们、同学们，大家下午好，这里是‘华艺之声’校园广播，我是播音员夏雪……”

那天下午，你仍穿着那条素蓝色的短裙，头发散发着淡淡的幽香，水嫩白皙的皮肤让人看着心疼。坐在话筒前，略有些紧张，你朝我看了看，我向你点了点头，因为我相信你一定能行。打开麦克风前，你做了一个深呼吸，在优美的背景音乐中，你甜美、动听的声音传遍了整个校园。一旁的站长也听得连连赞许，称赞你的播音很不错。

到现在你也不知道。那天，你第一次试音，我比你更紧张，紧绷的神经随着你播音的起伏跌宕着。生怕你播音不好，而离开了这里，我再也没有与你独处的机会。在你播音完的那一刻，我的汗水浸湿了衬衣，尽管空调还吹着冷气……

因为广播站的缘故，我们更加熟悉，彼此了解。随着接触的时间多了以后，我对你的顾忌也少了很多。但有时，明明我们离得很近、很近，近得都能听到你心跳的声音，可是我却觉得与你隔着千山万水，无法走进你的世界。

你世界的大门或许很多人都能走进，唯独我无法靠近。我真正理解到了什么是咫尺天涯。似乎，你也感受到我的热情，但从你的眼神当中，我读出了一种飘忽。

一次深入，一辈子的伤。

记得，那天下午轮到你播音，你还是像以前一样走了进来。但整个人面色憔悴，精神恍惚，有一种失魂落魄的感觉。我非常担心你，问你今天是不是病了，你说没什么。我还是担心你有什么不测，我让洋洋休息，主动担任你的导播。当我把背景音乐打开时，我已注意到你眼中满含泪水。我再次询问你怎么了，你什么也没说，然后缓缓地播起音来。那天下午，我能感受到你极力克制情绪的声音，还是与平日不同。脸上清晰写着你在绝望里挣扎……

播音完后，关掉麦克风的那一瞬间，你还是忍不住趴在桌上大哭了起来……吓得我惊慌失措，因为广播站里只有我们俩，我不知道如何来安慰你，只能静静地陪着你。你边哭边说，他不要我了，为什么要这样对我……

直到此刻，我才明白了是什么原因。这也是我担心的，其实，我一直很想问你有没有男朋友，但我一直不敢问。因为我怕从你口里听到你已有男朋友的消息，这让我难以自处，让我暗恋的幻想都破灭了。如果这样，我还不如怀着疑问，幸福地爱着你，享受着永远不失恋的爱情。

此时，我五味杂陈，内心的疼痛并不比你轻。你尚且有伤心的理由，更有怅怨的对象。而我，欲哭无泪。

为了安慰你，那晚，我带你一起去吃了小街的麻辣烫，来到学校的光棍桥，跟你讲了我小时候的一些糗事，你听后开怀大笑。最后，我们又来到了学校操场上，并肩坐了下来。

看着从我们身边走过的那些美女靓仔，成双成对。望着划过天际的流星，你又情不自禁地忧伤起来。你忍不住，跟我讲起和他在一起的种种，你跟他一起学习、一起玩耍，在你心里面，你早已认定他是你这辈子的唯一。你认为这样的美好会一直持续下去，直到永远、永远……

你倚在我的肩上，任由泪水滑落。你的泪水湿润了我的衣衫。你说，像我这么好的人，为什么不能早点相识，如果早些认识，你也不会这样痛苦。我说，没事，现在这样挺好，挺满足的。天意如此，我们谁也左右不了。

你说我胡说，缘分一说不过是自我欺骗而已。你让我遇到喜欢的女孩子一定要主动去追，女孩很矜持，即使喜欢你也很难开口的。一旦错过，就会成为别人的女朋友了。哪怕是被一次次地拒绝，也好过从没尝试过的后悔。当时他就是这样追到我的。我未作声，点了点头。

你突然要我看着你，你问我喜欢你吗？我望着你水灵的眼睛，我不想欺骗自己，我点了点头。你接着说，那我就做你女朋友吧?

听到这话，我不敢相信这是真的，感觉像做梦一样，幸福来得这么突然。我看着你还未干的泪水，让人怜惜的脸庞，我的理性突然复苏，我不能这么做，不能在你情感遭受挫折时，乘人之危。我承认我也自私，但我不想你第二天醒来时，又后悔、失望。我一字一句说：傻妞，你这么漂亮，上天怎会薄待你，你们会好起来的，没事的……

流年未亡，夏日已尽。

后来，正如我说的那样，你们和好了。你开心地来跟我说，你们之间只是一个误会，过几天他就来看你。看着你甜蜜幸福的微笑，我努力挤出一丝笑来，故作高兴地说：那太好了！待你转身离去，我那不争气的泪水流了出来。

触摸不到的幸福，再努力也是徒劳。有时候，太过执着是一种重负，或是一种伤害，放弃却是一种美丽。再后来，我离开了广播站。

一到夏天，我就怕闻那既熟悉又伤痛的芳香。因为夏天的味道，那是属于你的记号。

但愿月亮不升起，你就坐在我身边

亭后西栗

“他爱我，他不爱我，他爱我，他不爱我……”

僻静的小街里，一个低低的声音传来，让殷悦慢下脚步。路灯下的石阶旁坐着一个小小的身影，这身影手里的那朵红花格外醒目，落在地上的花瓣一片挨着一片，写满患得患失却又难以言表的情愫。

也许是听到脚步声，这位“爱情占卜师”停下来，用怯生生的目光看向殷悦。那是一个年轻的女孩，穿着一身舒适的休闲装，扎着随意的马尾，皮肤透亮得像涂了一层油彩。殷悦知道，那是她正在失去的东西——年轻的标志。

想到这里，她微笑着收回目光，径直走过女孩身边，就像走过自己曾经的青葱岁月那样。

每个深谙情事的女人都曾是单纯的女孩，都曾在心里一遍遍追问过，他爱不爱自己。可年轻的爱情往往如此，他不敢冒进，她不敢认定，最后两人在一路兜转中走散，又在芸芸世界中迷路，各自遇见另一个人，重复着相似的过往。

从小到大，殷悦一直以听话著称，毕竟，这个笑容甜美性格开朗的女孩子，从初中到高中都埋头学习，不理情事，也算神奇物种。但就是这样一个乖巧的孩子，却在填报志愿时选择了离家几千里的大学，让她的父母担心得几夜没合眼。

于是父母在送殷悦报到前，硬扯着她立下君子协定：在学校不得以任何理由外宿，和女生出去玩要在九点之前回学校，如果和男生出去玩，只要天一黑，月亮升起，就必须告别。为了确保实施效果，母女俩还约好，每天至少通一个电话。

初到校园时，殷悦因为想家，也没觉得这样的约定有什么不妥，但随着她和室友、同学的关系逐渐升温，有时，她多少会感到有些不便。而第一次让她打破约定的事件，发生在她大三的那个夏天。

他叫李彧，一个来自徐州的同系男生，一个从入学就注意到殷悦的男生。他人长得白净，笑起来有些腼腆，还会露出一颗小虎牙。

李彧是在实验课上与殷悦搭上话的。当时殷悦正被一个反常的实验数据搞得焦头烂额，李彧从旁边的实验台走过来，一句话指出她的操作问题。当时，殷悦转过头惊讶地看着这个男生，就像发现了一片崭新的大陆。

那次实验课后，两人渐渐熟络起来，理所当然地，李彧开始和殷悦一起吃午饭，一起上公共课，一起去图书馆，一起从校园的这一边遛到那一边，谈着和他祖籍一样、名字发音一样的南唐后主。不过，不管他们聊得多么热烈投机，他都会严格遵照殷家父母定下的“月亮规则”，每天一起吃完晚饭就与殷悦道别。

殷悦已经 20 岁了，却从没和一个男生这样单独相处过，起先她也会不知所措，但李彧仿佛懂得她的不安和局促，也理解她这个乖乖女所面临的尴尬局面，他总能在两人并肩而坐时幽默风趣地讲着见闻与理想，永无冷场，又能在两人挥手作别时潇洒自然地转身而去，绝不为难。这样的品格，让殷悦觉得和他一起“厮混”的每一天都轻松自在，充满欢声笑语。

“小悦悦，怎么，交男朋友啦？”

突然有一天，寝室里的大姐这样问殷悦，顿时另外两个姐妹也来了精神，纷纷提供了大量目击证词，一口咬定殷悦和隔壁班的李彧已经是“两情相悦”，殷悦被说得脸上一阵红接着一阵红，却始终找不到理由驳倒她们，只能一口一个“不是”，奋力争辩。

“说真的，哪天叫上他一起出去玩啊！你在我们寝室最小，我们得为你负责，好好审查一下那个叫李彧的男生。”

“可是……他还没说过喜欢我呢！万一人家不是那个意思，那多尴尬。”殷悦支吾着说。

“什么？不会吧！我看你们最近天天在一起，怎么可能不喜欢！不喜欢你谁会花时间天天陪着你。”

殷悦被室友问得哑口无言，心却像小鼓一样被打得咚咚作响。

李彧喜欢她吗？喜欢怎么不说呢？如果不喜欢，那为什么总找她一起呢？他应该……也还是有一点喜欢她的吧？

这样的胡乱思索让殷悦方寸大乱，见了李彧一心想问，却不知如何开口，见不到他又一直在闹心，整天心神不定，接到家里的电话也没精打采地应付几句就挂掉。没过几天，整个人就瘦了一圈。

为了寻找答案，殷悦每天赖在图书馆里，不是看爱情小说，就是看社交文学，有时还偷偷翻看关于男女心理学分析的畅销书。

都说“书中自有黄金屋”，经过不懈寻找，殷悦终于在书中找出了一条合理易行的指导意见：“两个相互吸引的人，在一起时能让彼此感到轻松自在，就算不说话也不会尴尬，这便是最契合的状态。”

殷悦用这条准则衡量着她和李彧的关系，渐渐地，她意识到自己确实如书中所言，和李彧在一起的时光轻松而自在，她仿佛是初次飞行的小鸟，独自闯荡苍茫天地，被扑面而来的广阔冲昏了头脑，乐在其中，不思归家。

但是，他们依旧遵守着规则。每当晚饭后走累了，在校园里抢到一条长椅坐下，殷悦总会抬头看看天色。她知道，只要月亮出现，她就要回去了。

那是夏季学期的最后一天，之后他们将迎来无聊的暑假和漫长的分别，所以，这天的殷悦格外伤感，抬头寻找月亮的次数也格外频繁。

“又在看月亮？”李彧问。

“嗯……”

和李彧认识久了，殷悦便发现，每当他们坐在一起，她都能感受到自己内心的平静，仿佛一方镜湖水，能清澈地看进心灵深处，又能清晰地反照整个世界。在这样的平静里，她甚至不愿大声说话，她只想尽情享受这份难得的静谧。殷悦说不清这是种什么感觉，李彧坐在身边比独自一人时让她感到更加安宁，这大约便是书中所谓的契合。

“其实，你父母千算万算，还是有一点没算到。”李彧笑着说，他那温和的面容融进薄暮的暗影，像是加了柔光的自拍，愈加迷人。

“没算到什么？”殷悦好奇地问。

“就算今天的夜空再晴朗，你也不可能看到月亮升起。”李彧指指头顶，“知道为什么吗？”

殷悦眨眨眼睛，努力想着。

“因为……今天是初一？”

对着李彧清澈的眼眸，殷悦的智商突然爆棚，她迅速地意识到，月亮和太阳不一样，不单是月相光影会变化，升起落下的时间也会变化，而这些，根本不需要很高的学历就能了解，殷家的父母不会不知道，只是没有想到罢了。

“不错啊！一点就透。”

殷悦的眼睛又眨起来，她甚至有些期待地看着李彧，想象着爱情小说中接下来将要发生的场面。

“那……我们今晚就可以一直这么坐着啦？”

“傻姑娘，你父母是为你好，虽然……上一次大学如果没疯过，总好像少了点什么，可少那一点也没什么不好啊！”

仿佛有种魔力，李彧的话宛若清泉，将殷悦的心灵从内向外地洗了个干净，就连渐渐浓郁的夜色也变得通透明亮，空气在这一刻开出花朵，一切都美得刚刚好。

在爱情小说里，他们现在应该羞涩地彼此靠近，试着亲吻对方，可他们并没有。

殷悦的心“怦怦”地跳着，凝视着李彧的眼睛，那双磁铁般的眼睛里透出微笑，好看的样子让她不禁脸红。见她有些羞涩，李彧体贴地转过头，看向小路，殷悦偷偷松了口气，也学着他的样子坐直身子面向小路，目光却只顾盯着膝头紧扣的双手。

那是第一次，殷悦在电话里对母亲说了谎，因为她一向乖巧，母亲对她的话深信不疑，叮嘱了几句便挂掉了电话，留下他们，就那样坐在长椅上慢慢聊。

不知过了多久，路上的行人少了，没了，但月亮依旧没有升起，李彧依旧坐在殷悦身旁。

他们聊到家乡，聊到父母做的菜，聊到小时候的糗事，聊着暑假过后各自的实习意向，聊了那些彼此早已耳熟能详的事，也聊了那些从未对别人说起过的事。

“等毕业了，你要留在这边吗？”

“应该吧，这边离徐州也不远。你呢？回北方吗？”

“嗯……大概吧……”

殷悦说着，低头瞄着李彧的脚尖，她很想问他，到底是爱她，还是不爱。而此刻的李彧也难得地沉默了，平时话题不断的他，不知为何突然没了谈资。

其实他们都知道，这一夜，月亮不会升起，他们有大把的时间可以挥霍、浪费，也有大把的青春可以纵情疯狂，但就像每对在爱情里瞻前顾后的年轻男女一样，他不敢冒进，她不敢认定，谁都没有勇气先迈出那一步。

终于，宿舍关门的时间快到了，李彧站起来。

“我送你回宿舍。”

殷悦也站起来，却在不经意间发现，长椅旁的草坪里正开着几丛野花，不知是什么品种，层叠的花瓣很丰满，就像年轻女孩对爱情的美梦。她不禁俯下身，探手去摘，并在回宿舍的路上，一步一扯，一步一丢，还在心里默念着：

“他爱我，他不爱我，他爱我，他不爱我……”

在那个夏季最后的夜晚，那些关于爱与不爱的探究，殷悦到底没能问出口。

直到多年后，看到那个像极了自己的女孩在占卜爱情，她突然回想起的，不是李彧的笑脸，而是当年的月亮。

于是一回到家，殷悦就从客厅的花瓶里抽出一枝玫瑰，学着那女孩的样子，轻蹙着眉头，慢慢扯着花瓣，慢慢数着爱情。

无论如何，月亮总会升起，就像那些相伴走了很久的人，总要告别。这一枝玫瑰，和当年的野花一样，生着奇数的花瓣，扯掉的最后一片，预示了爱情的正果。

但这一刻，当青涩与憧憬悄悄褪去，殷悦却只想再路过一张长椅，在月亮升起前，和当年那个干净简单的男孩一起，坐下来再聊一次人生。

这一次，她一定问他——

如果月亮不再升起，你会不会，一直坐在我身边？

谁的青春伴我同行

尔　雅

简瑶再见到林乔，是在公司的欢迎会上。作为台湾区调任过来的总经理，林乔的身边围绕着许多公司大佬。初秋的天气，冷漠中带着腥燥。简瑶坐在角落里，心事重重。结束后，简瑶到酒店门口打车，林乔把车停在了她面前。她迟疑了一会儿，上了车。

林乔说：“小师妹，这么多年了也没见你联系过我，真是让人心寒啊！”

简瑶靠在椅背上，态度疏离。应了句：“这么说是没错，但你在台湾发展，我在大陆，想联系也联系不了啊！”便再没了下文。

入夜时身体易乏，情绪亦会无处安放，简瑶想起几年前的自己，那时的林乔，是简瑶醒着的梦想，而简瑶，充其量不过是他的校友。

两人的相识，完全归功于她的舍友陶子。陶子是林乔的发小儿，大一刚入学，一如既往地跟林乔混在一起，顺带带上了简瑶，组成了吃喝玩乐三角联盟。

彼时的简瑶性格文静，聚会时比较沉闷，大部分时间坐在角落。后来，陶子交了男友，过起了二人世界，去找林乔的次数减少。倒是简瑶，偷偷查了林乔的课表，精心制造了一次又一次偶遇，不过依旧是混个脸熟，两人的关系并没有升温。

为什么会喜欢上林乔呢？

简瑶无数次地想过这个问题，总是郁郁不得解。

也许是他弹着吉他专心唱歌的声音太过好听，也许是他穿着西装在舞台上指点江山的模样太过犀利，也许是他看书时候的侧颜太过美好。当情感破茧而出，思念总会让人变成孱弱的羔羊。

她觉得，林乔是个神话般的存在，而她喜欢上林乔，真是一件让人欣喜又让人悲伤的事情。因为有些人，你在见到他的第一眼就知道，不论轨迹如何变动，他最终都不会与你有交集。大三，林乔作为交换生去了英国一年。大四，林乔回国，身边多了一个女朋友。

林乔刚到公司，需要了解的事情有很多，这一忙就忙了一个多月。简瑶的生活像往常一样淡如清汤，偶尔接到林乔的电话，听他几句寒暄，心中已然没有了当初的感觉。她想，自己果然是成熟了，少了少女时代的悸动。

林乔问简瑶身边有没有靠谱的中介，他想请个阿姨，会做饭的那种。简瑶想了想，歪着头说我厨艺还不错，要不你考虑考虑，但是工资得给高点儿。

林乔皱着眉头问：“你很缺钱吗？”

简瑶笑笑：“是啊，可缺了！”

第二天，简瑶拿到了林乔家的钥匙。

林乔家离公司步行只需十分钟。每天中午，简瑶去林乔那儿打扫卫生，把洗好的衣服全部熨平，顺便把前一天晚上做好的饭菜拎去。干着零工的活儿，操着当妈的心。林乔为此常取笑简瑶，说保洁界损失了一颗新星。

两人虽然经常见面，却从不越矩，如一般老友，聊天侃闲，感叹人生。简瑶从未问过林乔的感情生活，林乔也从未提起。

一年的任期很快过去，林乔被调回了台湾。临走前，简瑶为林乔送行。

吃过饭，林乔想要去看看学校，简瑶蹙着眉说这个点学校大门关了。林乔狡黠一笑："你忘了我大学时翻墙的绝技了？"

两个人动作十分利索地翻到了学校里，坐在操场看台上，凉风习习，月明星稀。

"回台湾后，记得联系。"林乔站了起来，对着空旷无人的操场大喊了几声。

简瑶闷闷地低头喝酒。

林乔笑着问简瑶："你还记得自己上大学时候的样子吗？"

简瑶摇摇头，接着喝酒。

"你上大学的时候是个哈比人，陶子又高，你往她身边一站，跟个小尾巴似的！"

"现在总算看着高点儿了，果然没白长！"

"你什么时候嫁人啊？都成大龄剩女了，结婚那天一定要告诉哥啊，哥给你包个大红包！"

"你别杵这儿啊，说好的送别呢？能不能说话了？"

简瑶看着月光下朦朦胧胧的林乔，喉头哽咽，猛地将手中的啤酒罐砸向看台。

"摔什么摔，把保安招过来咱俩就完了。"

"再见！"简瑶不管他，径自往回走。

简瑶终究没有去机场，回想这一年的重逢，不过是黄粱一梦。

她与他，缘分太浅，浅到这漫漫一生中，事关他的形容词只剩下了无痕迹。

简瑶曾经以为时间将林乔的踪迹一抹全无，现在却明白了，第一眼看到就心动的人，久别重逢后还是会心动，只不过当初炽热，如今内敛。她将自己的私心不动声色地掩藏，在细节处下足了功夫。

橱里的衬衫与西服必是每件都不留褶皱，细闻还有淡淡的香气。为第二天准备的膳食，必是前一天去市场精挑细选，营养与口味分毫不落下。她仔细观察他吃饭时的表情，清蒸排骨是淡了？糖醋里脊甜了？虽然林乔从未言语过一分，她总能发现区别。

简瑶有时候会问自己，这样做值不值得？想来想去想不出答案。值得如何，不值得又如何？她活得混沌，小半生就这样匆匆而过，好不容易得一倾心之人，只想着如何能让对方过得好点儿，再好一点儿。更何况，林乔已有女友，她去他家整理房间时，看见了茶几旁摆放的照片，林乔笑得温暖。

简瑶看了好久，最终轻轻地放下，开始扫灰擦桌子。

林乔走后，简瑶向公司申请，搬到了林乔曾经住的那套公寓。

《一个陌生女人的来信》中写道："我的心始终为你紧张，为你而颤动；可你对此毫无感觉，就像你口袋里装了怀表，你对它绷紧的发条没有感觉一样。这根发条在暗中为你耐心地数着钟点，计算时间，以它听不见的心跳陪着你东奔西走。"

简瑶在书页下折了角，不愿再往下翻。有段时间，"知乎"上流传着一个问题：年少时的暗恋是怎样的感觉？

有人回答：从喜欢上的那一刻，便开始了细碎而漫长的失恋。

还有人回答：怕你知道，怕你不知道，怕你装作不知道。

简瑶抬起头，日光正盛，岁月葱茏。

她轻笑着关掉了浏览页面，自此年华老去，而我与你，已然无关。

林乔在回台湾后，又经历了一段繁忙时光。偶尔会想起笑容浅浅的简瑶，她对他的情意，他如何不知？对于婉转细腻的她，他如何铁石心肠？

那日他将文件落在了家里，临时回去取。看到简瑶站在镜子前，身上披着他的西装，右手执香水，左手一扬，顿时香味弥漫。

那一刻，他便懂得了这女子的所有深情，但最终不能有所回应。林乔带上门，轻声离开。

闲暇的时候，林乔给简瑶寄了快递，地址是简瑶曾经的住址。

一周后，简瑶去快递公司取件，拆开是一瓶纪梵希的香水，和林乔常用的刚好配一对。他原来懂得，如此甚好。

张小娴在书中写道："有谁不曾为那暗恋而受苦，我们以为那份痴情很重很重，是世界上最重的重量，有一天，蓦然回首，我们才发现，它一直都很轻很轻；我们以为爱得很深很深，来日岁月会让你知道它不过很浅很浅。"

这一生中，我们会遇到很多人，多年后再提起曾经暗恋过的人，或许早已忘记。倘若记得，提起也是淡淡的。当然，其中也不乏修成正果，从此幸福美满合乐一生的。谁的青春伴我同行，到头来，剩下的不过一场回忆而已，可有这回忆，却也够了。

其实，每个人的生命中，都应该曾有一次，为了某个人而忘了自己。不求有结果，不求同行，不求曾经拥有，甚至不求他知道。只求在最美的年华里，遇见他。唯有如此，才能不辜负相遇的意义。

每天数着你的笑而快乐

伊沫儿

研究生入学典礼上，思琪注视着身旁的子皓，那一段美好的回忆，犹如散落在银河的星辰，璀璨耀眼。

刚入大一那年，思琪在班级里成绩很差，老师为了提高学习进度，特意安排了成绩优秀的安子皓辅导思琪，让她多向子皓学习。

子皓在他们班不仅成绩优秀，更受众多女生的青睐，看着思琪"独享"子皓，其他女生心中不免有几分不满。

有些女同学为了赶走思琪，经常在课堂上戏弄她。有时在她背上贴一张

“坏丫头”的小纸条，有时在她的背包里放几只蟑螂，类似的恶作剧层出不穷。

一次、两次，思琪选择隐忍，从未去老师那里打小报告。

转眼，期中考试临近。

那天，子皓早早来到教室，发现几个女生躲在一旁，小声地嘀咕什么，时不时捂嘴偷笑。子皓对小女生的秘密并不感兴趣，直接忽略了她们。

思琪接了个电话，起身离开了座位，那些女生趁机把一个瓶子塞进她背包里面。子皓看到了，他站了起来，走到思琪的位置，刚打算伸手查看，思琪却神不知鬼不觉地出现在背后。

“子皓，有事吗？”思琪看着安子皓站在自己的座位旁，她眨巴着大大的眼睛，一脸惊奇地问。

子皓转头，他们的脸挨得很近，甚至可以嗅到思琪头上洗发水的香味，他第一次与女生近距离接触，不由得脸上一阵绯红。慌忙地说：“没什么，没什么。”话音一落，他便退回自己的位置上。

上课铃声敲响了，教室里异常安静。就在思琪打开背包想要拿出书本时，一瓶血水顺流而下，瓶底还盘踞着一条死蛇。

“啊……”思琪一声惊叫，晕厥过去。

等她再次醒过来，已躺在医务室的床上。

而她睁开眼睛看到的第一个人正是子皓，一抹朝阳映在他英俊的脸颊旁，棱角分明的五官，修长的手指，思琪只觉一阵脸红心跳。

“你醒了！”子皓激动地看着她。

思琪赶紧往被子里一缩：“我怎么会在这里？”

原来是子皓将晕倒的思琪抱到医务室，就在救治她的时候，子皓回到了教室，他要揪出真凶。

子皓看了看摔在地上的瓶子，里面的死蛇不过是一条玩具蛇，血水只是兑了白水的番茄汁。这种把戏，不用说了，这准是平时爱戏弄思琪的那几个女生干的。

一早上瞥见她们偷笑，就知道她们没安好心，只是没料到她们居然这么过分。

看到思琪晕倒，她们也吓坏了，生怕会出大事，赶紧给思琪赔礼道歉，并发誓以后再也不敢了。

还好，思琪并无大碍。知晓真相后，她劝说子皓不要告诉老师，事情过去就算了，她不想同学关系搞得太僵。

晕倒事件过后，思琪对安子皓更加上心了。看着子皓答题的模样、握笔的姿势，以及那股认真学习的劲儿，她都欣喜不已，每天数着他的笑而欢乐。

有时两个人的作业本叠放在一起，思琪都会浮想联翩地以为是缘分，更不用说她意外地发现与子皓的 QQ 号只差一个尾号，兴奋过度，失眠两天。

凡此种种，无论是他的习惯，还是他的喜好，都成了思琪的相思情怀。

那时的子皓除了喜欢学习以外，还特别喜欢收集弹弓。不同的材质，不同的颜色，不同的型号，凡是做工精美的弹弓都能落入他的法眼。

一天放学，思琪如往常一样偷偷跟在他身后。她发现子皓每天都会在大学门口一家饰品店前徘徊，起初思琪以为子皓是想买什么礼物送朋友，可后来发现子皓向老板打听弹弓的价格，在得知价格不菲后，失落离去，思琪才知道他喜欢弹弓。

可对于大学生的他们来说，每月除了有限的生活费外，根本没有多余的零花钱。据说子皓家里并不富有，父亲在一家快递公司上班，母亲则在一家超市当收银员。每月的收入除了缴纳房租外，根本所剩无几。

看着子皓郁郁寡欢的样子，思琪决定满足他的愿望，算是报答上次的救命之恩。于是，思琪开始绞尽脑汁地想办法筹钱。

终于，机会来了，学校为鼓励学生学习，对外宣布奖学金翻倍。

在学校正式公布奖励方案后，思琪整个人都变了，她不再在课堂只关注子皓了，开始认真学习，时常穿梭在老师们的办公室里请教各种问题，每天最后一个离开图书馆，周末放假也是各种理由地去找子皓恶补。

人就是那样，不管你的目标有多远，只要你坚持不懈，总会有实现的那天。

功夫不负有心人，思琪通过努力，在期末考试中取得了年级前十名的优秀成绩，她不仅让老师刮目相看，更让子皓佩服不已。

他从一开始就留意过思琪的成绩，他发现不是思琪脑筋慢，而是在上课的时候，她总是神游太虚，经常是老师问东她答西。

奖学金到手没多久，思琪就递上了精心准备的礼物。

“子皓，感谢你帮我补课，这是我一点点心意，希望你喜欢。”说完，思琪低着头，红着脸。这情形凑巧被几个路过的同学看到，他们起哄一阵嘲笑。

“思琪喜欢安子皓，想当人家女朋友喽，哈哈哈……”

思琪听着同学们的讥笑，快速消失在走廊里。

子皓扬起一抹灿烂的笑容，打开盒子，哇，居然是他梦想已久的弹弓，在弹弓下面，还压着一张纸条。

“情不知所起，一往而深！”聪明的子皓知晓了思琪的想法。他不知道自己该怎样回复，拒绝还是接受，似乎都欠妥。

煎熬般的寒假在思琪对子皓的思念中总算熬了过去，期盼已久的开学季让思琪躁动不安。作为大四的最后半期，思琪想抓住与子皓在一起的分分秒秒。

开学当天，子皓在走廊的转角处叫住了思琪。

“思琪，下课后有空吗？我想约你出去一趟。”

约会？子皓居然会主动约自己。

她不敢相信，但又充满期待，她呆若木鸡地站在原地，拼命点头。

思琪非常重视自己人生中的第一次约会，她特意溜回去换了一套新衣服，才到安子皓指定的地点与其会面。

他们翻过小山丘，来到一片空旷之地，子皓拿出早已准备好的风筝。

“思琪，喜欢和我一起放风筝吗？”

“当然喜欢。”

子皓拉着线在前面拼命地跑，当风筝摇曳在高空时，子皓将线放在了思琪手里，站在一旁看着她奔跑。

“子皓，你看我们的风筝飞得真高！”

子皓走近思琪，站在她身后，抬头看着风筝：“思琪，你愿意像风筝一样飞得更高看得更远吗？”

“我愿意。”

“那你愿意努力考研吗？那样我们就可以永远在一起。”

思琪转过头，目光灼灼地看着子皓：“子皓，你说的是真的吗？”

安子皓重重地点头，其实寒假里他已经想得很清楚，如果说他不喜欢思琪，那他又怎么会在夜深人静的时候想起思琪的笑，想起思琪的可爱，想起她的善解人意。

喜欢一个人是藏不住的，即使骗过了别人的眼，也骗不了自己的心。

两个人用懵懂的誓言激励彼此发奋学习，若是有缘能上同一所大学，那子皓就是思琪的男朋友。

爱情是有魔力的，思琪从那之后判若两人，时刻都将书本握在手里。

考研如期而至，子皓以高于思琪 10 分的成绩报考了省内出名的理工学院，而就在子皓拿着录取通知书去见思琪时，思琪也拿出了同一所学院的通知书，他们不约而同地报考了同一所大学，虽然专业不同，但这一切都像是命中注定的缘分似的。

思琪迫不及待地投入了子皓的怀里，紧紧地抱着他：“子皓，从现在起我就是你的女朋友了，让我们谈一场永不分手的恋爱吧！”

子皓双手搂在思琪的腰间，一脸幸福地看着她：“思琪，我会爱你一生一世！”

最好的爱情或许就像桐华说的：“我庆幸我爱上了他，因为我爱的人是他，所以我努力让自己变得更好。”

你是那个，把好东西放我左口袋的人

琼　华

出来的时候，天空飘起了雪花。莉莉紧了紧脖子上的围巾，不自觉加快了步伐，赶赴一场既忐忑又憧憬的约会。

对于这场约会，莉莉感到很紧张。她会时不时在经过玻璃橱窗的时候回看自己的装扮。头发有没有凌乱？围巾下方的标签是不是有露出来？自己的脊背挺得是不是够直？

其实，对方不过是个只和自己聊了三次的网友而已。但不知为何，她就是觉得对方似曾相识。他很了解自己，感觉上很像一个多年未见的人。

当他提出见面的时候，莉莉也是犹豫过的。如果立刻就答应了，很可能会让对方觉得自己太随便了。可如果不答应，她又想不出更合适的理由来拒绝他。况且，她的确很想知道他到底是谁。莉莉想，既然大家都在一个城市里，也是有缘。她看了看镜子里那张还算不错的脸，笑着说："莉莉，你有什么可担心的？"

可现在还是担心了。

莉莉比约定的时间早到 10 分钟，不得不在约好的广场中心等候。她浑身都在颤抖，为了缓解自己的紧张，便绕着那个已经没有任何用处的喷泉来回地跑。两圈下来，弄得她小脸红扑扑的，不停地从嘴里呼出一团一团的白气。

"嗨！莉莉。"

一个声音从身后响起，莉莉立即转身，望着眼前比自己高出一头的大男生出了神。

"怎么？不记得我了？"

莉莉略有些迟疑，她刚要说出网名求证，就见对方迅速往她左口袋里放了一个东西，然后冲她挤了挤眉毛。

这一刻，莉莉恍然大悟。

她无比兴奋地指着他："原来是你！"

初二那年，因父母工作调动，莉莉跟着他们来到一个陌生的城市，进了当地的一所中学。莉莉原本是一个活泼好动的女孩，可当她开口对着一张张陌生的面孔做自我介绍的时候，却引来了哄堂大笑。这一切源于她浓浓的口音，从此她便不敢轻易开口。

莉莉总是一个人。一个人上学，一个人回家，一个人吃中饭。班上同学都不肯跟她说话。那些打扮漂亮的女孩儿们在私底下说她是土包子、乡巴佬。每每听到这些话，莉莉就更不敢开口说话了，甚至连座位都不敢离开，就像被钉在板凳上似的。

最气人的是有一次她生理期，疏忽大意没带东西，她想等挨过上午的最后一节课就回家换。谁知，偏偏就被老师点名回答问题。那堂是英语课，老师要她朗诵课文。她中文说的都不够标准更何况是英文。于是，她读一句，就惹来一阵笑，闹到后来没办法，老师都听不下去了，这才叫她坐下。

就在这时，忽然有个嗓门很大的男同学指着她的屁股大叫："看她裤子！"

莉莉忙用双手遮挡着，可越是遮挡就越是招来无数目光。大家你看看我，我看看你，有在下面窃窃私语的，还有捂着脸嗤笑的，整个教室乱糟糟一片。

"笑什么笑？有什么好笑的？"

说话的男生从座位上走过来，看了眼羞红了脸的莉莉，继而对英语老师小声说："老师，你帮帮她吧。"

事实上，即便他不说，老师也会帮忙，只是当下老师也愣住了。

男生脱下校服外套，递给老师。莉莉记得，她被老师带走的那一刻，这个男生冲全班大吼一声："都安安静静地上自习！不许说话！"

那一次，荣涛这个名字便牢牢地刻在莉莉心上。

发生这件事后，莉莉死活不肯去上学，父母没办法，只得帮她请了两天假。可两天转瞬即逝，莉莉还是不肯去读书，任凭父母说破了嘴皮子，也还是无济于事。这个中学在当地是最好的学校，他们想，如果实在不行，就给莉莉调班。

荣涛前去找她的时候，莉莉父母刚好都不在。莉莉好奇荣涛是如何知道自己的家庭地址的。

荣涛大方一笑："我是班长，当初给班主任提交每个同学的联系方式，我都会再抄写一份自己留着。"

莉莉粲然一笑，旋即又想起那天的事情来，不自觉脸上一红，垂下头去。

"莉莉，你不要这样，其实这没什么的，我刚来的时候也出丑了呢。同学们喜欢笑，那就让他们笑去，笑完了自然就不笑了。我听说你要调班，可咱们一个年级就那么几个班，大家彼此都认识，如果仅仅是因为这个，我觉得大可不必。"

紧接着，荣涛从书包里拿出一个东西，也不管莉莉接不接受，便放进她的左口袋里。

"这是什么啊？"

"别看，等我回去你再看。"

莉莉很乖地按照荣涛说的去做，在被窝里偷偷找出左口袋里的"好东西"。

原来是一个漂亮的方盒子。莉莉好不惊讶，盒子里面还夹着一张纸，上面写道：当你不开心的时候，就把令你烦恼的事情写上去。然后放进这个盒子里，再扔掉。这样，你就不会觉得难受了。

莉莉觉得好窝心，她按照荣涛说的方法写下令自己不开心的人和事，然后放进去。不过，她当然不会扔掉这个盒子，那可是支撑她继续在这里读书的动力。

那之后，莉莉不再像刚来的时候那样注意别人的眼光了，因为她只需要关注荣涛一个人。她很用心地纠正自己的地方口音，跟着音频里的老师学发音。

渐渐地，莉莉脸上的笑容多了起来，跟荣涛的距离又近了一分。

莉莉喜欢跟荣涛约着一起复习背书，因为他不会嘲笑自己的蠢和笨。而每次和他结伴同行，荣涛总是走在自己的左边，在临分别的时候，放一个东西到她的左口袋里，有时候是块巧克力，有时候是个好看的发卡。

对莉莉来说，荣涛就好像是现实版的哆啦A梦，他总是把各种各样的好东西在不经意间放进她的左边口袋里，以至于到后来，左口袋变成了平安夜放到床头的袜子，每一次都带给莉莉无限的期待。

从此之后，每天上学莉莉都会穿带有口袋的外衣，逛街的时候也会刻意地买带口袋的衣服。慢慢地，她也会放些好东西在左边口袋，然后偷偷地送给荣涛。她看见荣涛笑了，自己也开心地笑。至于为什么笑，她也说不清楚。

年少最大的好处，就是可以肆无忌惮地做傻事。

巧的是，莉莉和荣涛一同考上了本校的高中，不同的是被分到不同的班。两人见面的机会少了，荣涛偶尔会来找莉莉聊天，说一说学习的近况，莉莉也是如此。

时间悄然无声地在笔尖游走。高三那一年，两人都忙于考试，基本不曾见过。关于荣涛的消息，莉莉只是偶尔从其他同学口中得知。

高考前，莉莉去找荣涛，却被告知荣涛已经不在学校了，说是在父母的安排下出国了。

莉莉忽然觉得有些落寞。难道，她不是荣涛的好朋友吗？为什么走之前都不告诉自己一声呢？

莉莉万分失落地撑着下巴，回想起他们最后一次见面的情形。

那次她英语考试很不理想，莉莉很着急也很伤心。荣涛看她眼圈红红的，料定她一定哭过。于是，他在走前放了一个好东西到她左口袋里，莉莉回去一看，居然是个微型的可以放在掌心的英汉词典。

这本词典陪着莉莉走过大学四年，研究生三年。如今，工作两年后的她每每独自走在路上，就会时不时想起走在她左边的荣涛。这么多年下来，她保留了很多年少时的习惯，比如一紧张就会绕圈跑，比如说谎话就会打喷嚏，再比如买衣服的时候会刻意地选有口袋的。

荣涛不在的时候，每考过一场试，迈过一个坎儿，她就会买一个好东西放在自己左口袋里。不仅是为了怀念荣涛，也是想给自己一个慰藉，一种鼓励，好让自己继续奋力前行。

莉莉笑看着眼前的荣涛，他已经不再是那个说话还带着稚气的小男生，而是一个真正的男子汉了。

莉莉忍不住想，能和荣涛在网上重逢，再以网友的身份见面，这真是一种别样的浪漫啊！

“干吗装网友，你就不怕我不见你吗？”莉莉佯装生气地说。

荣涛一笑：“是你笨，连我的网名都没认出来，我可是一下子就认出你来。”

“你是怎么认出我的？”

“那个一紧张就会跑圈的人，普天之下，除了你怕是再也没别人了吧。”

莉莉听后，扑哧一笑。她从口袋里掏出那个被他放进去的东西，竟是个盒子。

“当年送你一个清除烦恼的盒子，现在再送你一个装满思念的盒子。”

荣涛的双眼熠熠发光：“莉莉，能再见到你真好。”

莉莉看着盒子里那一张张写满思念的纸条，笑望着荣涛，心里默念：我也是。

第二章

你是电你是光，你是唯一的传说

你值得我花费那么多的心血，花费我所有的时间，因为为你做的每一件事，不管多么微小，都会让我觉得拥有了全世界的幸福。

——一介

我一路留下记号，等你来找

一　介

一个阳光灿烂的周末，亚妞洗洗涮涮一大堆，累倒在沙发上。把茶几上的手机拿起来，自动播放钢琴曲《回忆的沙漏》，单曲循环。

她从一旁的书架上随手抽下一本厚厚的书，恰是《红楼有梦》，说它是书，其实不准确，那是一本手工书，用软笔手写而成，配上一些照片。

亚妞不经意朝窗外望了一眼，窗外远山近院，院子里种满桂花树，正值金秋时节，不说十里飘香，也是满院子的香味弥漫。阳光洒落在桂树叶子上，闪闪发光，好像亚妞记忆中那些闪耀着点点星光的往事。

目光回到书上，书扉页也是用软笔写的小楷：我对你莫名心动。

亚妞不由得抽下书架上的《红楼梦》《庄子》《鲁迅全集》《陶渊明诗集》《梦里花落知多少》等，一连好几本书，每一本书的扉页都用同样的笔迹写着同样的话。所不同的是，署的日期有所不同。

这些书，没有署名，也没有写明赠予谁，当这些书分不同的时间和地点赫然出现在亚妞面前时，就归她所有了。它们有时出现在她学校的抽屉里，有时出现在她家中的阳台上，有时出现在她实习的单位里，有时出现在传达室的快递柜中。

这个暗恋亚妞的人到底是谁？亚妞简直困惑极了。他一点消息也没有给亚妞留下。亚妞把身边认识的男生都问了个遍，后来又把女生问了个遍，一无所获。

亚妞摸着这些书，陷入回忆的深渊中，无法自拔。音乐也营造了一种追忆的氛围。亚妞是乐于回忆的，因为青春的记忆总是装满了爱情的芳香。

那时直觉告诉亚妞，这个人一定是宝哥哥。那时的亚妞是红楼迷。

大一那年，亚妞这傻丫头抱着《陆小曼传》看个没完，不时还抹几下湿润的眼眶。从宿舍看到教室，生物工程课一个字也没听进去，如痴如醉。

熟悉亚妞的同学干脆以香菱称呼她。左一口香菱妹妹，右一口香菱妹妹，后来整个宿舍的人名，都改成了《红楼梦》里的十二钗。

来自五湖四海的六个同学，因《红楼梦》很快熟悉起来，成立了一个红楼群，对加入该群的同学严厉逼问三个资深问题，以检验其是否是伪红楼痴迷者。

而王清苑是红楼群群主，也是红楼的资深爱好者，是群主要成员中唯一一名男性，人称“贾宝玉”第二，群里的女孩都叫他宝哥哥。不知是群里哪位女子引荐进群的，简短交流几日后，群主便把群主的宝座让给他了。

这个宝哥哥才华横溢，但凡和文艺沾点边的，他都会一点，比如抚古琴，最擅长《高山流水》，比如读古文、写古诗，比如摄影作画，比如喝茶饮酒。最让人惊叹不已的是，每个女孩都声称他是她们认识的所有男性中最懂女性的。

更让人敬佩的是，认识宝哥哥的所有女孩都能友好相处。

亚妞最初对宝哥哥的认识也停留在这些传说上。毕竟他只是一个传说，她只是在群里一睹过他的种种风采，可并未见过其真身。

在第一次群里组织的野外聚会上，身着汉服的亚妞认识了颇有些古风情怀的宝哥哥，亚妞觉得他很眼熟，但由于是初次见面，也不好细问。两人虽交谈不多，但种种迹象和直觉都在告诉亚妞：他绝不像传说中那般清高孤傲，反而显得亲切、平易近人。

女生们把他捧为神一样的人物，自然追求他的女孩少之又少，倾慕的倒是一大片。每个喜欢他的女孩多少都有些自知之明，觉得自己没有那般才华与他相配。可亚妞不这么想，喜欢一个人，又不是比谁更有才华，或更漂亮。

做自我介绍时，宝哥哥的介绍很简短，反正大家都很熟悉他了。轮到亚妞时，亚妞露出迷人的微笑——她自己不确定是否好看，但必须做到自信、自然、大方。

"亚妞，朋友们叫我香菱妹妹。古代小女子一枚。"亚妞刚说完，大家一片哗然。因为宝哥哥的自我介绍是："人称宝哥哥，古人一枚。"还有好事者补充亚妞的介绍："有一暗恋者，从不显山露水，送给亚妞的书都快够她开一家小书店了。"

亚妞注意到他只是微微一笑。

没关系，微微一笑，很倾城。亚妞心里这样想着，便心花怒放了。那以后亚妞也加入了暗恋宝哥哥的壮大队伍中来。

亚妞把自己的暗恋和别人的暗恋区别开来，别人是粉丝、脑残粉，而她才是真正的暗恋。暗恋是一朵开在夜间的花，独自绽放，无人欣赏，所有悲欢喜怒，自在心间，慢慢品尝，冷暖自知。

那以后红楼群经常聚会，举行各种读书活动，或对《红楼梦》进行一系列的探讨和辩论。亚妞用语言和行动一次次成功让宝哥哥知道，她和他有太多相似之处，他们是同一种事物的正反两面。而她做这一切时，并未显得刻意。掌管爱情的神仙似乎也很中意他们两个人。

有一次活动结束后，留下清场的人渐渐散去，最后只剩下他和她。做完一切该做的事后，他说:“我送你回去吧。”她简短回了个“好”字。

于是她第一次近距离和他接触，坐在他电动车后座上，起初她还刻意和他保持距离，但显然这是不被允许的。她的身体不由得贴近他的后背，她的双手不知该往哪里放。

风吹起她的长发。第一次她希望永远不要到家，一直一直坐在他身后。

“坐好了哦。”他大声道，“前面在修路。”

颠簸的路，让她自然而然地抱紧他的腰。只一瞬间，她的心猛烈跳动了几下，心里像翻倒了蜜罐。

安全到家后，亚妞忽然想起未曾告诉他家在哪里，他是怎么知道的？想问他，他已摆摆手，消失在人海。

这样想着，问题越来越多：今天的读书活动，特地选了和生日有关的，他怎么知道今天是她的生日，借着读书活动，给她送一份意义非凡的大礼？

还有上次的活动，他怎么知道她喜欢喜多郎的音乐，读书的背景音乐全是喜多郎的？包括活动场地的布置，购置的爱尔兰咖啡和棉花糖点心，这一切，好像都有意为她而设？

他们两个人的表现多么有默契啊。他们喜欢的作者有百分之九十是一致的。他们会在同一期的选读活动中，选读相同的书籍。

亚妞觉得这是科学道理无法解释的。

活动一直持续到大学毕业，随着大家各奔东西，加上初入社会，各种忙，读书活动也渐渐取消了。就好似曾经的繁华，只是过眼云烟。

而这一段无法用科学道理解释的感情，好像也被现实淹没了。亚妞顿觉灰心。难道这只是一场有趣的暗恋游戏吗？她决定告白，因她实在无法忍受见不到他的煎熬。

亚妞把书架上那本珍藏了 10 年的珍藏版《红楼梦》送给他。书中有很多她在不同时间里阅读后写下的批注。书扉页上写着：“宝哥哥，我一路留下记号，等你来找。”

不久亚妞便收到他的赠书，那是亚妞心仪已久的《红楼梦》手抄本，打开书扉页的刹那，亚妞目瞪口呆。

那些笔迹和亚妞之前收到的所有书扉页上的字一模一样：“我对你莫名心动。”

天啊，原来他也正好暗恋着她。

那么他是从什么时候暗恋她的呢？原来一路留下记号的人是他，一直等她发现。她迫不及待地拨通他的电话：“是从什么时候开始的？”

“我想，是上辈子吧。”他回。其实是在大一那年，他遇见了她，此后便一直默默关注她。

亚妞忽然想起他曾写过：“所有莫名心动，都是上辈子的缘分。”

“你不怕吗？不怕我太笨，察觉不到你的存在？万一……”亚妞的泪在眼眶里打转。这样做，多冒险啊。

“没有万一，只有万无一失。我会一直留下记号，直到你发现为止。你值得我花费那么多的心血，花费我所有的时间，因为为你做的每一件事，不管多么微小，都会让我觉得拥有了全世界的幸福。”

“我也是。我想你，我想见你，此刻，马上。”

“你打开门。”

亚妞现在回忆起当初门被打开的一刹那。事隔三年，仍恍如昨日。

亚妞瞥了一眼对面墙上她和宝哥哥的婚纱照，心里仍旧美美的。当年的感觉依旧清晰：所有的记号都有了完美的解释。那是爱的记号，每一个暗号，都是幸福在吹起欢快的小喇叭。

有的人，用“我爱你”三个字来表达情感，而有的人喜欢默默地留下记号，等有缘的人来发现，解开密码，开启爱情的宝盒。愿有缘人不要错过。

你是电你是光，你是唯一的传说

欧阳茜茜

春分后的第三天，刘希辞职了。当辞职信放到陈暮桌上的那一瞬间，刘希感觉自己坚持了十多年的信仰，崩塌了。

刘希和陈暮从小一起长大，两人上同一所小学，念同一所高中，最后考上同一所大学。刘希见过陈暮穿开裆裤的样子，陈暮知道刘希所有黑历史。

陈暮知道刘希最爱哪位电影明星，知道她渴望成为画家，知道她因为考试不及格偷偷哭鼻子，知道她吃面总爱先喝汤，知道关于她的一切，哪怕只是细枝末节。但陈暮不知道，她喜欢自己。

从小到大，陈暮都是家长口中的“别人家孩子”。陈暮学习好，次次都是年级第一；陈暮智商高，13 岁就荣获国家级象棋比赛冠军；陈暮长相好，他是学校的校草。

高中的时候，刘希作为美术生和陈暮考到了同一所学校。刘希放学早，常常会背着画板站在他班门口等。放学路上，刘希问陈暮，未来最想做的事情是什么?

陈暮考虑良久，回答:“经商。”

刘希皱眉想了好大一会儿，没再说话。

高二的时候，刘希在家里掀起一阵巨浪。刘希想放弃美术，父母看着她惨不忍睹的文化课成绩，坚决不同意。于是刘希罢课、绝食，招数用了一个又一个。刘父无奈只能让陈暮来劝。

在一番询问无果后，陈暮把自己最近说的话重新想了一遍后，问:“你放弃美术和当初问我未来想做什么有没有关系？”

刘希用沉默回答了一切。

从没有和她说过一句重话的陈暮却说："刘希，我很失望，也很生气！"

刘希不理解，自己想一直和他并肩作战的想法有什么不对，美术再好有什么用，又不能帮到经商的他。

看着哭得一塌糊涂的刘希，陈暮叹气揉揉她的头顶说："即使你学美术，我也还是会一直陪着你的。"

彼时的刘希尚不懂儿女情长，她只知道，自己一直跟在陈暮的身后，踩着他的脚印向前跑。当突然出现一个岔路口，需要她和陈暮分开，惶恐、不安、不适全部涌现。

整个高中的生活都是灰暗的，刘希最后还是在美术老师的抱憾声中选择了放弃，然后在乱七八糟的数字公式和定理中，不停地挣扎。

高考结束，刘希落榜，选择复读。陈暮则以全省第六的成绩考上了帝都的大学。

送陈暮上火车的时候，他解下脖子上戴的平安符送给了刘希，笑着说："刘希，我等你呀。"

为了他一句话，刘希拼尽了全力，熬夜苦战，终于在第二年考上了陈暮所在的大学。收到录取通知书的时候，她迫不及待地打电话给陈暮，听到熟悉的声音，暖暖的祝福。狂躁的心一点点平静，一年的努力仿佛也都有了意义。

大学期间，陈暮依然是学校的风云人物，他加入了学生会，参加辩论社，参与自主创业沙盘推演。而刘希一直跟在他的身后，像个小尾巴一样。

陈暮朋友常常打趣刘希："毕业后是不是就结婚？"陈暮总是温柔地看着她，不承认不否认，而情窦初开的她则在笑闹声中红了脸。

刘希并不确定自己对陈暮的感情是亲情、爱情或者仅仅是习惯。她只是已经习惯了身边有他的生活，习惯了有任何事和他商量，习惯了去依靠他，习惯了他温暖的声音。

余生那么长，如果能一直陪在他的身边，那该多好呀。

那么陈暮呢？从小到大陪着自己的陈暮，有人欺负自己永远挡在前面的陈暮，对自己说着“我等你”的陈暮，会对自己宠溺微笑的陈暮，说永远守着自己的陈暮，他对自己是爱情吗？

刘希没有答案。

陈暮大四的时候，和同宿舍的人一起办了一家公司，并开启全新的线上线下运营模式。陈暮在学校的时间越来越短，偶尔就连刘希都找不到他。

那一刻，刘希再一次痛恨自己的平凡。她渴望自己成为能站在陈暮身边的人，但是刘希从来没有想，追着陈暮的自己，累不累。

大四的时候，陈暮身边有了一位女朋友，芳菲和陈暮在同一个班级，志趣相投。

如果说陈暮是本校男生中传说一样的人物，那么芳菲就是本校女生中的神话。芳菲样貌姣好，成绩优异，据说家境也很不错。追求她的人手牵手能绕操场一圈，但并无一人获女神青睐。

所以当陈暮和芳菲交往的消息被传出后，全校都炸开了锅。刘希听到消息的时候，整个人都是呆愣的，几秒钟后她丢了包，就往陈暮宿舍跑。

宿舍楼口陈暮和芳菲面对面站着，周围已经围了一堆同学。刘希直接冲了过去，拽着陈暮就走。待到人员稀少的湖边，刘希问他：“芳菲是你女朋友吗？”

一直面色严肃的陈暮笑了，习惯性揉了揉她的头发。说：“想什么呢？我只是邀请芳菲加入我们的战队。”

刘希毕业的时候，陈暮的公司刚刚小有起色。刘希拒绝了百强公司的邀请，毅然地加入了他们。年少时想和陈暮一起并肩作战的梦想，终于在那一刻实现。

这一工作就是两年，两年里，刘希没有时间恋爱，没有时间逛街，甚至没有时间吃饭休息，但她心里是满足而充实的。她追随陈暮那么多年，背了这么多的定理、法规、公式，学了那么多自己不喜欢的，现在终于有了意义。

公司效益越来越好，本来就优秀的陈暮越来越吸引人的注意，追求者越来越多。刘希开始失眠，常常从梦中惊醒。陈暮问她是不是最近压力太大，要不要休息一阵子，都被刘希拒绝了。

她知道自己的心病，最近每一次被惊醒的梦中，都是陈暮和别的女孩走上了婚礼红毯，而自己只是台下的一位看客。

刘希开始反思，这么普通的自己，真的能一直陪在陈暮身边吗？如果有一天，陈暮身边站了别的优秀女孩该怎么办？这个问题根本没有答案，从未恋爱过的刘希不知道自己的感情要何去何从。

2008 年的时候，陈暮公司因为创新科技的运用，被评为省级优秀企业。从默默无闻到大放异彩，陈暮和他的团队用了整整五年的时间。五年里刘希从风华正茂的少女变成了众人口中的剩女。

刘希爸妈早就看出了她的心思，于是在多次逼着她去相亲无果后，选择放弃。但是五年过去了，陈暮并没有表现出一点对刘希有亲情之外的情感。女孩子的一生有几个五年可以等待？春节过后，刘希爸妈给她下了最后通牒——相亲！

当刘希把这件事告诉陈暮的时候，却看到他若有所思地沉默了几秒，而后说："的确该结婚了。"

刘希并没有等到盼望已久的告白，于是那句准备了十几年的"我也爱你"依然没有机会说出口。夜深人静的时候，刘希劝自己，放弃吧，生活中有太多的事情不能强求，比如爱情。

其实，暗恋是一种很奇怪的事情，最开始期待他的回应，渐渐地，喜欢变成了习惯，变成了信仰，说不出口，却一直都在。

刘希依然弄不明白陈暮在自己心里是什么，是哥哥？是偶像？还是想爱的人？他就像是挂在天上的太阳，而自己是赤脚追逐的夸父，因为莫名的吸引力，而渴望靠近他一点，再靠近一点。

陈暮的感情就像小猫的爪子一样，温柔却带着钩子。在自己以为是爱情的时候溜走，想放弃的时候又来拥抱。这个过程太辛苦了，刘希已经坚持不下去了。

匆匆忙忙把辞职信放到了陈暮桌上，刘希就躲回了家，电话关机，网络断掉，门反锁上。断绝一切和外界的联系后，刘希蒙着头哭了。她实在想象不出来，以后的人生，没有了陈暮要怎么继续。

其实这么多年，刘希早已把陈暮当作了自己的精神支柱。他是自己二十多年人生中的神话，是指引未来方向的明灯。现在神话被自己破灭了，一切都混乱了。

等到刘希再醒来的时候，窗外已经一片漆黑，手机连上网后，短信提示音叮叮当当响个不停，刘希点开一条，是陈暮发过来的，内容很简短："晚上六点，我在你家后花园等你，不见不散。"

刘希匆忙换上鞋，跑了出去，走出楼道的一瞬，却又开始自嘲："刘希，你真是一个傻子！现在已经 10 点，他怎么可能还在那里。"

一切焦虑都在花园拐角处消失了，粉红色的彩灯整整绕了花园一周，在花园中间有一颗由玫瑰花瓣围成的心，陈暮站在花瓣中间。

看到刘希走近后，他单膝跪地，双手举着一枚戒指，说："刘希，这两天我想了很多，在过去的 27 年里，我的肩膀只愿让你靠，只想帮你擦眼泪，只能接受你永远陪在我的身边。岁月那么长，而我竟那么傻，不知道自己早已爱你入骨，那些所有的习惯全是我对你说的情话。而未来，我依然渴望你能陪在我的身边。所以，你愿意嫁给我吗？"

刘希早已泪流满面，原来最幸福的暗恋就是你喜欢的人恰好也喜欢你。原来最好的爱情就是因为他而变成更好的自己。

刘希紧紧抱着他，问："陈先生，未来你还愿意做我生活中的光吗？成为我的信仰，让我崇拜你，守护你？"

"三生有幸。"

偶遇，就像是恰到好处的设计

白枫麟

邵美丽在布满水气的大巴车窗上，工工整整写下一个名字——冯帅帅，然后盯着字迹一点点凝结成水滴，顺着窗子滑落。

她嫣然一笑。

“记得我们第一次见面的情形吗？”邵美丽推了推身边小憩的人。

刚刚结束旅行，冯帅帅甚是疲乏，他揉了揉眼睛，醒了。邵美丽又重复了一遍问题。

“记得呀，当然记得呀！如果不是你出手相救，那次我就糗大了。”冯帅帅一脸激动地说。

“你指超市那回？”邵美丽不确定地问。

冯帅帅点头如捣蒜。

“你个损色，长点心吧，”邵美丽模仿宋小宝的口吻，用兰花指戳他的胸口，说，“那分明是第二次见面。”

“啊？”冯帅帅挠挠头，蒙圈了。

邵美丽清了清嗓子，从头叙述……

四年前，第一次遇见冯帅帅，是在学校的图书馆。

那天，邵美丽临时替图书管理员的班。她梳了个丸子头，架了副黑框眼镜，换上管理员制服，有模有样地坐在柜台里，足以以假乱真。

恰逢午休时段，借书、还书的人寥寥无几，邵美丽无聊地掰手指。这时一道颀长俊逸的身影出现了，他就是冯帅帅。

他从包里掏出一摞书，翻开首页，露出扫码条，然后一本本递给邵美丽，扫码、还书。

这男生蛮体贴的嘛。邵美丽在心里为他点了个赞。

“哦，我说那天图书管理员怎么突然变漂亮了，原来是你客串的。”冯帅帅咯咯笑了起来。

“如果我没认出你是那天还书的温柔小哥，我会无缘无故帮你吗？”邵美丽露出鄙视的眼神。

其实，在冯帅帅的印象中，第一次遇见邵美丽，是四年前，在市中心的沃尔玛。

记忆的齿轮开始转动……

冯帅帅选了一大堆零食，结账时发现忘带钱包了，打算用微信付款，手机却没电关机了，这就叫祸不单行。

有一包薯条开封了，这要也不是，不要也不是，To be or not to be ，that is a question（注：《哈姆雷特》经典语录）。冯帅帅手足无措地站在那里。

要是能撞见同学就好了，冯帅帅伸长脖子搜索了一圈，可惜观望了半天，清一色的生面孔。

见他迟迟不付钱，收银员脸色不霁，身后的长龙里也发出抱怨声。

“怎么回事？”邵美丽上前询问。

冯帅帅一打听是校友，立刻说出了实情，邵美丽掏出两张“毛爷爷”按在收银台上，替他解了围。

“多谢这位好心的同学，不然这次糗大了，回去马上还你钱。”冯帅帅客气地说。

“小事一桩。”邵美丽微微一笑，很倾城。

那天邵美丽戴了隐形眼镜，披散一头蓬松的卷发，穿了一件拉风的大衣，略施脂粉的脸蛋在冯帅帅眼中，美得不可方物。

“冯帅帅，生物专业，初次见面，很高兴认识你。”冯帅帅这时才想起自我介绍，热情地伸出了右手。

听到“初次见面”，邵美丽眉头忽而一蹙，淡淡回了句：“邵美丽，金融专业。”

冯帅帅觉得这名字特别耳熟，在哪里听过呢？他一时记不得了。

邵美丽没有选择与他握手，调皮地用指尖轻点一下他宽大的掌心。冰凉的指尖划过皮肤，便有一种奇妙的接触感，好似一只猫在挠痒痒，那种酥酥麻麻的感觉瞬间攻占了他的心。

爱情就这样猝不及防地来了，像潮水一般汹涌而至。

彼时的冯帅帅不会讲俏皮话，更不会搭讪。两人出了沃尔玛，一起搭地铁返校，邵美丽问一句，他就老实地答一句。邵美丽却觉得这家伙呆萌得有点可爱。

在单调的对话中，邵美丽赫然发现他们竟然住同一栋宿舍楼——4号公寓，全校唯一的男女混住宿舍楼（一到三层住男生，四到六层住女生）。由于专业不同，课程不同，平素倒真没遇见过。

冯帅帅屁颠儿地回宿舍拿钱，可惜他钱包里没有百元大钞，抓了一把散票出来。邵美丽手握一大把票子，听着他滔滔不绝地致谢，好尴尬呀！

“停，打住！”邵美丽打断他，挥挥手，潇洒地上楼了，正如她潇洒地出现。

直到掌灯时分，室友纷纷回来，如往常般聊起了八卦，冯帅帅这时才想起，邵美丽不就是室友常常挂在嘴边的校花嘛！

原来她是校花啊，难怪长得那么美！

此后两人相遇的次数多了起来。

比如邵美丽和室友在一楼领桶装水，恰好遇见同去领水的冯帅帅，他二话不说，直接就帮她们把水桶扛到三楼，再由她们拎回去。由于次次都会遇见，发展到后来就是邵美丽一个电话，冯帅帅就把桶装水扛到三楼楼梯口。

又比如遇上下雨，忘记带伞的邵美丽就会被冯帅帅正巧碰上，他把伞往她怀里一塞，自己用书本挡着头，冒雨冲回了宿舍楼。

再比如邵美丽所在的社团缺人干苦力，只要她一声吩咐，冯帅帅随传随到。

寝室三个女生都有男朋友了，唯独邵美丽，一直处于“单身可撩”状态。

邵美丽不但颜值爆表，家境也很不错，她眼高于顶，择偶标准颇高，凡夫俗子岂能入她的法眼。她理想中的男友是这样的：要孔武有力，身高要在一米八以上，体重必须在七十至七十五公斤之间，肩膀要宽，双腿要长，六块腹肌不可少，学历还要比她高。

这样的男人可遇不可求。如今有了冯帅帅鞍前马后地伺候，邵美丽觉得大学生活完美了，找不找男朋友无所谓啦。

邵美丽的想法，遭到室友一致批评：“你对那个冯呆子既然没意思，就不要让他在你身边倾注太多感情，到头来，伤人害己！”

邵美丽睃了她们一眼，傲娇地说：“我的生活，我做主，用不着你们咸吃萝卜淡操心！”

室友的话像窗外的风一样，一吹就过。邵美丽照样享受着专人服侍的女王生活。

时间一晃而过，转眼到了毕业季。

邵美丽搞了一场毕业旅行，邀请冯帅帅同去，费用她出，冯帅帅的主要任务就是拎包，外加拍照。正是在归途的大巴上，邵美丽写下了他的名字，引发了两个人的不同回忆。

青春就这样马不停蹄地走了，不带走一片云彩。

毕业后，邵美丽按照家人的意愿，考上了公务员，过上了朝九晚五的规律生活。而冯帅帅却选择继续考研，整日泡在各种定理和符号之中。

某晚，邵美丽说自己不开心，让冯帅帅请吃饭。于是，她毫不客气地选了全市最贵的一家馆子。

等到冯帅帅赶到的时候，桌上已经布好了菜。

“你瘦了？”邵美丽盯着冯帅帅，左看右看。

冯帅帅红着脸，失笑道：“近来学习有点猛，不过体重绝对保持在七十至七十五公斤之间。”

“额……”听到这个体重范围，邵美丽一阵尴尬，故意岔开话题说，“这些菜全是你爱吃的菜。”

冯帅帅请邵美丽吃饭，她反倒点他最爱吃的菜，是不是喧宾夺主了？

“咱们认识那么多年，经常在一起吃饭，口味早就同化了。”邵美丽巧妙地回答。

这句话飘进冯帅帅的耳朵里，心不由地抽痛起来。他与邵美丽相识四年，口味都同化了，感情却始终停留在原点。暗恋了四年，一直没有勇气表白。

冯帅帅人长得一朵花似的清秀，和孔武有力半点不沾边。对于邵美丽的择偶标准，除了身高和体重，其他的他均不达标。

席间，邵美丽叨叨了一堆七七八八的事，冯帅帅安静地做情绪垃圾桶。

“唉，你说我多惨。”邵美丽抿了一口红酒，说，“刚参加工作，我妈就逼我去相亲。”

冯帅帅屏住呼吸，故作镇定地问：“见了吗？”

“见了一个，学历比我高。”邵美丽搛了一块西兰花放进嘴里，咔嚓咔嚓吃起来，味道真不错。

冯帅帅一杯酒下肚，抖着声音问：“感觉如何？”

她直接忽略这个问题，避而言其他。

冯帅帅一口菜没吃，空腹灌酒。

“干吗呢？会醉的！”邵美丽伸手夺过酒瓶。这家伙搞什么鬼？怎么看起来心情比我还差呢？

“你对他有感觉吗？”冯帅帅面色微醺，又问了一遍。

邵美丽顿觉口中的菜肴索然无味，缓缓开口道："怎么说呢，他长得还行，和你一种类型，小清新。感觉嘛，一般般。"

听到这，冯帅帅刚松了口气，却听邵美丽自言自语："感情这种东西就像烹饪，得慢火炖才能熬出味道，说不定哪天我就爱他爱得山崩地裂呢？"

冯帅帅心里一阵钝痛，我跟你都快"炖"五年了，也没见你爱上我一尘一土。

从饭店出来，冯帅帅脚步踉跄，邵美丽提议散步，醒酒。

天空飘起了毛毛雨，以前冯帅帅最喜欢下雨天，不管大雨还是小雨，他总有理由出现在邵美丽的面前。而后，会有另外一个男人扮演这个角色了。

"今天没带伞，让你淋雨了，抱歉。"冯帅帅突然对邵美丽说。

"你是不是短根筋？每次把雨伞让我给，自己跑出去淋雨。"邵美丽的唇噙着一抹不易察觉的微笑。

"是吧，考研都失败了。"冯帅帅抬头望天，暗灰色的天空，看不到一颗星星，就像他们的未来，昏暗不明。

邵美丽发现冯帅帅领子歪了，她走上前，让他站好。

冯帅帅醉眼蒙眬地着看眼前人，这个朝思暮想的人近在咫尺，却又远在天边。邵美丽迎上他的视线，突然发觉他竟帅得一塌糊涂。她帮他把衬衫领子掖好，他们挨得极近，冯帅帅的鼻息间溢满邵美丽的香水味。

好香呀！香到沁人心脾！香到无法自拔！

冯帅帅一时失控，嘴唇覆了上去，灼热碰上微凉。

"冯帅帅，你干吗！"邵美丽面色潮红。

完了，完了！冯帅帅痛苦地蹲在地上，哀号道："邵美丽，我喜欢你，我是真的真的喜欢你！"

冷静了片刻，邵美丽从手提包里拿出一本皱皱的本子，看起来有些年头了。

“这个笔记本是你的吗？”

冯帅帅接过那个笔记本，双眼囧囧有神，这不是毕业时遗失的《女神追求日记》吗？翻开内页——

2012年9月18日，好幸运呀！在一楼蹲守了三天，终于逮到下来领桶装水的她……

2012年10月2日，老天呀！快下雨吧！我都带了一周雨伞了，再不下雨，我找什么理由去接近我的女神呢？看我这么可怜的分上，你就同情心泛滥一下，下点雨吧……

2012年12月2日，哈哈，我今天在楼梯口逗留了半天，假装和女神不期而遇。她邀请我去参加社团活动（干苦力），太好了！又多了一个接触的机会，撸起袖子，加油干……

每一次的偶遇，都是恰到好处的设计。

“这世界上，没有比暗恋更傻的事吧？ ”冯帅帅忧伤地问。

“有啊，比暗恋更傻的，”邵美丽停顿了一下，像是下了很大的决心，说，“是相互暗恋。”

和眼前的暖男比起来，什么标准呀，要求呀，在这一刻统统不重要了。

冯帅帅蹲在地上，惊讶地抬起头，灰蒙蒙的雨夜，他在邵美丽熠熠生辉的眼中看到了星光，看到了希望……

正像叶非夜在书中写道：“人生中，最荡气回肠的一件事，大抵就是：你突然间发现，自己暗恋多年的人，恰好也暗恋着你。”

爱你，是颗说不出口的酸甜糖

八月榕

寒风起，映着喜洋洋的红。他，迎向结婚成家的欢欣。她，陷入挥别爱情的痛。那点红，是他的喜；却是，她的悲。

临近春节，从业三年，早已对工作忙碌习以为常的萧雅雅，今年却感到身心俱疲。好想丢下一切不管不顾，就那样消失无踪。看不到他，看不到他与别人的喜，看不到自己满脸的苦。

他，想起这人，萧雅雅满心苦涩。秦朗，即将结婚的你，知道我内心的痛吗？脑中，不时晃过校友QQ群里的话。几位师兄欢欣地说：秦朗快结婚了！他呢，打出笑脸喜悦回应："劳烦大家挂心，好事定了请来喝酒！"

想到这，她控制不住夺眶而出的泪。看着手机屏幕映出的面容，萧雅雅既痛苦又自厌。一个为情所困的女人，多情总被无情伤。如此疲惫，如此狼狈，全因秦朗啊！

这么多年，为何还是放不下他？她自嘲地笑了，踉跄着躲进僻静的消防过道，虚软地坐靠着栏杆哭泣，寂寞地舔舐着伤口。

正四处寻找萧雅雅的秦朗，闻声而至。推开过道门，乍见那单薄抽泣的身影，心不由得绞紧。他轻声唤道："雅雅！"

六年前，那道低哑熟悉的嗓音，再次在自己耳边响起。萧雅雅抬起红肿的双眼，泪眼婆娑中，看着那道高大俊逸的身影走向自己。犹如那年，就那样猝不及防地走近自己，走进自己的心里。

四目相对，恍如昨日……

萧雅雅那年考入北地Q大上学，校园里不少人春心萌动。萧雅雅寝室另外三个女孩，都萌发了“我要恋爱”的想法。

当女孩们热情洋溢地讨论着谁帅、谁优秀时，家境不好的萧雅雅心里只想着：好好学习，积累本事，尽快找到一份好工作！

没有约会，偶有聚会，是19岁青春女孩萧雅雅的生活。上课期间，寝室、教室、图书馆是她不变的轨迹。课外时间，寝室、打工、图书馆是她不变的方向。当寝室女孩们热烈讨论着临床医学系的秦朗时，萧雅雅正忙碌地打工。

一天，好友宁林拜托萧雅雅送情书。

宁林说，秦朗是临床医学系高才生，外貌出众爱好运动，在女生中很受欢迎。不过大家评价秦朗比较传统，反感开放主动的女生。宁林说，大家只知道秦朗和同系同届的女生张心兰走得近，但都不清楚两人是否在交往。

没有表明身份，喜欢秦朗的人都觉得有机会。至少，试试看呗。要表白，得有接触的机会，可不同届的宁林没有。想主动，怕惹秦朗反感，只能拜托信任的人出马。依性格，萧雅雅不愿掺和这种事情，可宁林是她大学里为数不多的朋友之一，萧雅雅无法拒绝宁林的所托和信任。

她答应帮忙，却在看到秦朗的照片时，忍不住怔了几秒。

呵，原来是他！经常会在图书馆里碰到他。最近在打工的培训学校，也能碰到他。每次见他，身边都有不少朋友。他如温暖的太阳一般，吸引着旁人靠近。

他们之间，彼此仅是一声“你好”的交情。

但，她知道，他默默帮了自己许多。在图书馆取书够不着时，他会及时出现帮忙。甚至，连培训学校的兼职，也是秦朗帮忙推荐的。

萧雅雅想起，培训学校秦校长笑眯眯地告诉她：“是我侄儿推荐你到这里来兼职，他说你很优秀。瞧，就是那小子。”萧雅雅愣愣地，看着那道熟悉又陌生的身影。

他怎么知道自己的名字，为何要帮助自己？萧雅雅不清楚，也不好意思主动套交情去了解，只能把他的好意记于心底。靠近这样受关注的人物，麻烦太多……

没想到，此刻，却因无法拒绝的人情，要主动靠近他。

叹口气，整理好心底那莫名郁闷的情绪，她慢慢走进图书馆。看着那个独自坐在后排角落，埋头看书的男孩——秦朗。

很巧，他选座位的喜好和自己一样。两人喜欢坐在那个不起眼的后排角落里，既安静又视野开阔。

安静地拿起书，萧雅雅轻轻地在距离秦朗一个位置的地方坐下。翻开书，她并没有出声打扰秦朗。等待着秦朗看书结束，再递交宁林的情书。

秦朗心不在焉地翻着书，感到身边有人坐下，抬起头一看，控制不住满脸的笑意。见秦朗心情很好地看着自己，萧雅雅想机会不容错过。忍住复杂的思绪，她将情书塞到秦朗手中，羞涩地说："师兄，这个给你。"

秦朗没有答话，笑着收过，主动和她聊起其他话题。他很善于抛话题，让萧雅雅很快消失陌生感。在图书馆，两人压低声音，说了很多、很多。萧雅雅耳中，不停飘荡着秦朗低哑的声音。

秦朗说，他在图书馆里遇到她好多次，早就想和她聊聊。秦朗还说，他家就在学校本城，培训学校是他叔叔开的……秦朗说了很多，让萧雅雅的疏离感消失不少。回到寝室，秦朗那俊雅和善的身影、低哑的嗓音，就那样不由自主地钻入萧雅雅脑海，盘旋。

梦里心事谁能知？恰如春风拂过水面，吹皱一汪心池。初绽的心事，唯有自知。

没多久，宁林郁闷地告诉萧雅雅，她被拒绝了！秦朗托人告诉她，他有喜欢的人。

"真不知道，秦朗喜欢的人是谁？应该是张心兰吧。"宁林自言自语。不知怎么的，听到这话，萧雅雅有种松口气的感觉。

周末结束讲课，走出培训学校时，萧雅雅远远看见秦朗正走向自己。

阳光浸润着黄昏，在那道炫目的光晕中，白衣蓝裤的俊雅青年就那样潇洒地走过来。

他在萧雅雅身前站定，含笑注视着她的眼睛，说："我有喜欢的人了，雅雅，你不要再做这种事情。"他说着话，目光灼热专注。她，在他的瞳孔中，看见缩小的自己，清晰且真实。萧雅雅只感到控制不住地脸红心跳。

隐隐地，她感到秦朗在暗示什么。慌乱、无措、欣喜……一时之间，各种情绪交织心间。难道，他喜欢我？她，低头娇羞地笑了。

"最是那一低头的温柔，像一朵水莲花不胜凉风的娇羞。"默默注视她，秦朗脑中突地冒出这句诗。

萧雅雅，她一再告诫自己，大学期间不可以谈恋爱。

这个世界上最难的是什么？大概是，控制不住自己的内心，明知不可为而为之吧！

可惜心不由人，面对秦朗三天两头的邀约，萧雅雅渐渐走近他。避开旁人的目光，两人开始了没有挑破感情的约会。

炙热的情感之花，就那样，在角落，默然绽放。

萧雅雅记得小时候吃过一种糖，五颜六色各种形状。初时含在嘴里甜甜的，再一回味，瞬间让人酸出泪来。酸甜的味道，在嘴里跳跃、融化，沁入心扉。

想到这糖，就想到最近的秦朗。

他变了！一个月来，她很少见到他。给他打电话，永远没人接，一次、两次、三次，很多次，他依然不接，亦没有回电。

发生什么事情了吗？萧雅雅隐隐不安。

一天，萧雅雅忍不住拦住秦朗。两人站定，对视，萧雅雅坚定地表白，有些话现在不说，也许再无机会了。对生性自卑的她而言，能说出这番话，算是做到了极致。

那一瞬，秦朗的双瞳情绪复杂难辨。沉默了会儿，他叹了一口气，随意地笑着说："雅雅很抱歉，我有喜欢的人了。以后不方便单独见面，不好意思。"

忍住心中的痛，萧雅雅最后一次鼓足勇气问："你喜欢的人，是张心兰吗？"

秦朗没有回答，直接转身走人。

萧雅雅叹息，那时，自己是什么心情，怎么勉强维持自尊奔逃回寝室的？她已不愿再回想。只是，这常常在午夜梦回间，抓扯着自己，无法释怀罢了。那次表白被拒后，她总是躲避着秦朗。就这样，两人渐行渐远。

毕业时，关于秦朗与张心兰，流传着很多消息。他们将出国，他们已见过家长……萧雅雅啊，有什么比自作多情、痴情单恋还可笑、可悲？

如果注定相遇是一场错，却为何让我遇见你？你不屑的爱，我摸不着，得不到，却根植在我的心窝，生根、发芽。

经历那段刺心的爱与痛后，本科毕业的萧雅雅回到西部C市电台工作。只是没想到，博士毕业后的秦朗也来到这里。

秦朗没有和张心兰一起出国，也没有留在环境更好的家乡。他有那么亮眼的学历和能力，在哪里都能找到好工作。实在想不明白，他怎么跑到人生地不熟的C城来了？原因是什么？萧雅雅无从问起，也不能去问。

这三年，两人都在C城工作，见面机会却不多。偶尔，萧雅雅会在采访中碰到秦朗。见面时，两人只是客客气气地打个招呼。随即，匆匆别过。

最近半年，几个在C城工作的同学总是频繁邀约萧雅雅聚会。每次去，都能意外碰到秦朗，但她总是转身即走。她怕，控制不住自己的情绪。

此刻，看到眼前熟悉又陌生的秦朗。萧雅雅赶紧擦掉泪水，站起身故作坚强地面对他。此时的她与他，早已不是当年校园的学生。秦朗，是风华正茂的年轻副教授。自己，是平凡无奇的电台普通女记者。

云与泥，注定，不是一个世界的。那么多个单恋的夜，不能对你说，又好想对你说。流逝的岁月里，那么多的难熬与孤独，都抵不过此刻：你站在我面前，看着我。或许正要开口对我说：我快结婚了！

然而，他却突然伸出双手，热情又激烈地拥抱住她。

“雅雅我好开心，我终于确诊自己不会患 VHL 综合征（又称林岛综合征）。我终于，可以毫无顾忌地向你表达我的感情了！我爱你，只爱你！”

恍如做梦一般，萧雅雅听到自己耳边响起秦朗的表白声。

秦朗克制着内心急欲宣泄的喜悦，本想今生无缘，只留存着那卑微的期望。在有生之年，能守在所爱之人身边。守着她、看着她，便已足够！

雅雅，你只看到我的冷漠，我的拒绝，我的远离。却不知，你的一颦一笑，早已深深烙印在我的心中，心好疼，却什么也不能做。就那样在回忆中，嗅着往日的美好，将回忆编制成酸甜的梦，伴着自己。

“雅雅对不起，我骗了你很多年。那年正想跟你挑明心意时，我表弟患发 VHL 综合征。那是一种家族遗传病，我担心自己也有，不想拖累你一生。所以……”声音消失在萧雅雅的手里。

“知道了，知道了！”萧雅雅蒙住秦朗的嘴，狠狠地回抱住他。两位相知专情的恋人，就那样狠狠地拥抱在一起。

忘怀成全间，相与到白首。有一种爱，静默无声，看似无情暗藏深情。希望她能够幸福，把她放在心中最珍贵的地方。经年守候，温暖牵念，只愿亲爱的你，一切安好！这是成全的爱，牺牲的爱，只愿我爱的人，雅雅，永远幸福！

这一刻，萧雅雅明白了，秦朗那份深沉的爱。

执子之手，依偎而归。

除了你之外，都是背景

菊花娘

理理站在火车车厢门口，从衣服口袋里摸出从 A 市往 S 市的火车票看了看，复又费力地拎起了行李箱朝着自己的座位挤去。

“叮咚，叮咚。”

理理一愣，下意识想扭身拿手机看，手上的大行李箱却也随之转了下方向。

“你慢点，压着我啦！”

“干吗呀你。”

“啧。”

“对不起。”理理小声道着歉，满脸愧意地朝他们笑了笑。

理理终于找到座位，放好行李，坐了下来，一打开手机就见屏幕上亮起了高中同学群的特别关注消息，她迅速地戳开。

【唐衢】: @ 于洋 [大笑][大笑] 你怎么知道我要出国?

【唐衢】: [龇牙][龇牙] 已经拿到迪卡夫的 offer（通知书）了。

【唐衢】: 我女朋友当然跟着一起去了哈哈哈，她跟我一块儿考的 [爱心]。

理理精神恍惚地晃了晃脑袋，里面似乎装满了糨糊，无法思考。她机械地用手指在手机屏幕上划动，刷着前后的具体消息。

因为临近毕业，同学们聚集起来，问候近况，各种感慨。经常潜水的唐衢被死党于洋“圈”了出来，他承认自己要出国的消息，有人问及与女友感情状态时，还大大方方地虐了一波狗。之后群里就开始集体刷着“膜拜人生赢家”“羡慕嫉妒恨”等字眼。

理理怔了几分钟才回过神来，抬手揉了揉有些僵硬的脸。

心静得感受不到跳动。

没有任何情绪反馈给大脑。

早就知道不可能，早就离他很远，早就承认了他其实和女友彼此相悦。

理理呆滞了好一会儿，收起了手机。

周围挤满了热闹的招呼声，哄孩子声，情侣的嬉笑声。

理理望着一张张笑意盈盈的脸，安静的自己显得有些格格不入。她垂下眼睑，转头望向了窗外。

伴随着火车的轰鸣声，沿路风景一帧帧地飞快倒退着，印在理理失了神的眼里。

唐衢是 X 大附中的男神，年级第一不说，家庭富裕，长得帅，性格又开朗，为人也热心大方。这种风云人物，可以说是对于绝大多数女生，尤其是像理理这种成绩平平、家境平平、长相平平的女生来说，是可望而不可即的天边星星。这种男神，很容易因为差距太大而让人有一种“可远观不可亵玩焉”的感觉，很多人崇拜却不敢有一丝的逾越心思。

理理之前也是如此——哪怕她和唐衢同班，哪怕她和唐衢一后一前，之间只隔了两排座位。

在她的眼里，唐衢就是他们三班的门面。他稳稳地矗立在全年级一千五百人之上，周身圣光普照，手握水笔，指点江山，谈笑间，世界难题灰飞烟灭。

除此之外，唐衢平日就爱和同学一起打打篮球，聊聊天，转转笔什么的。而理理，作为一个性格内向的借读生，只会坐在自己位置上学习，累了就去走廊上伸伸懒腰。

他们，就像是两条永远不可能相交的平行线。

理理坐在座位上看着前排的唐衢，仿如眺望北京。

但是有一天，这两条平行线突然有了交集。

那天是高二上学期的一个星期二，数学老师让大家拿出那张周末做的试卷，要进行讲解。老师照例用唐衢的答卷当作参考，报出他的答案，并对出现分歧的题目做详解。

唐衢被人称作“人型标准答案”，果然是不负众望，但凡与别人答案不一样的题，他的答案最后都被证明是正确的。

理理一面拿着红笔修改着错题，一面暗地感叹着满分唐衢的厉害。直到数学老师报到后面解答题的答案……

“第三小题，P 点不存在……”

理理猛地抬了头，看向了老师。

数学老师站在讲台上，并没有注意到座位靠后的这个小个子女生。小个子女生动作幅度太小，实在没有引起老师的注意。他看了看大家表情，笑了笑，又继续报其他大题的答案。

理理顾不上继续惊讶纠结，急忙用红笔在该题空白处飞快写上“P 点不存在”，然后不甘心地又在后面打了个问号，这才继续跟着老师报的“唐衢版答案”进行对照。

老师开始讲解这道题。他笑着夸奖唐衢采用的反证法：“这道题有些难，占分也不少，用反证法是最简单的。如果最后得到的答案和题目里给出的一个条件相矛盾，那就是不存在。当然你们有谁用传统做法也可以，步骤会多一些。”随即就开始用反证法来解这道题。

理理脑海里又浮现出辅导书上那道相同类型的大题，拼了命地回忆着关于那道题她能想起的每一个字眼。

她咬咬唇，小心地举手：“老师……”

似乎并没有人注意到，她同桌转头问她怎么了。她指了指这道题，小声说：“我解出的这个 P 点是存在的。”

同桌惊讶之后就是嗤笑：“噗，你确定？你错了吧。老实听老师讲。”

理理看了看黑板上老师还没写完的板书，低头皱眉检查了一遍自己的那道题的解答步骤，又看向同桌：“你呢？你也证出 P 点不存在吗？”

同桌说道：“我没做这道题，一般最后两大题的第三小问，我跟你一样都不做的啊，你这次怎么做了？”

理理咬咬牙，鼓起勇气举手又喊了句：“老师，P点应该是存在的……”

奈何座位靠后，声音细小，被老师讲解声音盖下去了。旁边同学也做没听见状，却见唐衢举手：“老师，理理说P点是存在的。”

数学老师有些惊讶地“嗯”了一声，禁不住笑出声，随即正容：“谁？哪位同学啊？怎么证出的？”

理理被老师的笑弄得有些尴尬，磨磨蹭蹭地站了起来，耳朵有些发红。

不过，全班人，包括唐衢，都认定了P点不存在。这时突然冒出一个人证出了它存在，的确有点搞笑。

气氛有些僵。

唐衢转头看向了理理，浓眉大眼弯起，眼里好似闪着光。他咧嘴一笑，便露出了白牙：“李老师拜托啦，如果我真错了，高考还恰巧考到这题，全班人要组团围殴我的。”

全班人顿时都笑得前仰后合，数学老师也笑着点点头：“对，有不同意见就应该说出来。还有谁也证出来了，也可以说出来，大家一起探讨。谁对谁错都没关系，重要的是咱们把这道题弄明白。”

理理面色这才轻松了几分，以辅导书上的例子为开头，讲起她自己的解法，以及为什么不能用反证法的原因，越讲越流畅。

“最后我算得P点处于（5.6，4.1，6）。”理理把卷子放在桌上，抬头看向一脸笑意的数学老师，以及正在埋头演算的唐衢。

“嗯，我好像是错了。”唐衢看向老师。

班上也响起了大家讨论的嗡嗡声。

数学老师点点头，让理理坐下：“李理讲得很清楚嘛。这道题的确是老师也马虎了。”老师随后把这道题重新讲了一遍，并且让全班同学为理理鼓掌。理理颇为不好意思，感激又小心地看向唐衢时，他露出了一个爽朗的笑容。理理感觉有阳光照进心里，驱散了所有担忧，亮堂堂的，暖洋洋的，再也拉不下嘴角的弧度。

她不记得那天是几月几日，也记不清大多数同学的面貌，更想不起唐衢当天穿的什么衣服。但是她清晰地记得坐在她前三排的唐衢转过头，是怎么绽开笑容对她鼓励地说出那句让大家捧腹的话。她记得那道题是那张卷子上倒数第二道大题的第三小题且分值为 9 分，记得那是个上午第三、四节课都是数学课的星期二。

她当时只道是寻常，却在每一次再看见唐衢的笑容时，掩不住自己脸上的笑。

原本一心只读圣贤书的书呆子，眼里终于多了一个唐衢。

唐衢在理理的认知里，渐渐变成了一座灯塔，一位天才帅哥。

她抓狂倦怠时，只要抬头看一眼唐衢，全身就又有了无限的勇气与精力。

她的目光开始自动追逐唐衢，耳朵开始细听唐衢和别人的聊天。

她的眼睛和耳朵逐渐就进化成了雷达，只要唐衢在场，她一定能第一时间注意到。

毕竟在她的眼里，唐衢的一切都是亮闪闪的。

久而久之，她知道了唐衢用的 mp5 是索尼牌的，他爱吃水煮鱼，喜欢 U2 摇滚乐队、最崇拜的篮球运动员是科比，以及理想是考上 A 大。

A 大，好高的分数线……

理理攥住笔的指尖隐隐发白。

拿到离 A 大最近的大学——D 大的录取通知书的那天，理理不甘心地将自己蒙着被子里哭了半小时。

上大学后，理理买手机选了索尼，试着去听 U2，不懂篮球却会关注科比的新闻。

她还加了唐衢的 QQ，但是不敢去和他私聊，只设了他为特别关注。她时不时会在高中群里窥屏，只是唐衢不怎么爱发言或者发动态，这让理理觉得很遗憾。

她也开始试着去争取年级第一名，去参加比赛，因此和爱玩乐的室友们脱节，迷茫孤独时会去 A 大逛，或者去市区逛逛。

好几次真的让她发现唐衢，这时她会高兴一整天，认为这是默契，心里得意地念出周星驰的那段台词：

“你以为躲起来就找不到你了吗？没有用的！像你这样拉风的男人，无论在什么处所，都像黑暗中的萤火虫一样，那样地赫然，那样地出众。你那愁闷的眼神，神乎其神的刀法，还有那杯 Dry Martine（一款鸡尾酒的名字），都深深地迷住了我。”

直到有一次，看到他拉着一个女生，吻了她额头。

那一刻，情窦初开的理理瞬间凋零。

理理之后再没有敢去 A 大。

四年多的追逐，五年来的信念。

理理撑着额头，微微扯起嘴角，笑出了声。回顾过去，来来往往的人与事全都模糊不清，唯有唐衢的部分，他的一举一动皆历历在目。

看着窗外不断被甩在后方的风景，她低头打开了手机，慢慢地划动，找到了唐衢的 QQ，顿了一下，一步一步取消了特别关注。

“唐衢，要幸福啊。”

理理的世界里再也不会有唐衢的消息提醒。

你总是匿名，给我最真实的爱

梦　色

深夜两点，各家的灯火逐一熄灭，只余下巷口淡如萤火的路灯。书房里，我奋笔疾书，打算把前些天作的曲填上词。

“不能握的手，从此匿名的朋友，其实我的执着依旧执着……”

杨丞琳的《匿名的好友》响了起来，听着铃声我愣了一会儿，这首歌是我给梦蝶设置的专属来电提醒，这么晚她怎么突然想起打电话给我？带着这个疑惑，我接听了电话。

“嘻嘻，我猜测你一定还没睡，告诉你一个好消息。”

“什么好消息这么晚要告诉我？”听着电话里头传来的悦耳声音，我身上的疲惫感瞬间减轻了不少。

“我恋爱了！”

后来她说什么，我都没听清，失魂落魄地挂了电话。我从抽屉里取出一封信，信封上画了一个红色的桃心。

望着桃心，心痛到滴血。

记忆如潮涌般浮现在眼前……

大学毕业后我就职于一家大公司，由于工作压力大，唱歌成了缓压的唯一途径。

周末，受到两个铁哥们儿的邀请，在歌厅开了一间包房唱歌拼酒，已不记得喝了多少瓶，桌上的酒瓶呈放射状。我发觉头晕得厉害，想吐，于是开门走了出去。

左拐右拐，来到卫生间，眼睛近视的我只有靠近门牌才能分清是男是女。当我发觉门上贴着裙子标志，正准备转向另一边时，门突然开了。

一个漂亮女生出现在我面前，我们都愣住了，我连忙说对不起，尴尬无比地跑向另一侧。

当我从厕所出来时，头依然很晕，每条路看起来都一样，不知道往哪边走，忘了房间号，只记得是拐弯处的第一间，于是我选了一个方向走下去。

推开门，多彩的灯光在屋里闪烁，一个女生突然走过来拉住我往里拖。

“你是梦蝶叫来的朋友吧？你来迟了就得罚歌一首。”

我想解释，哪知另外一个女生也跟着起哄，硬是把话筒塞进我手里。我拼命拒绝，却被两个凶神恶煞的女生架到台上，就好像不唱就把我斩首示众一样。

好吧，恭敬不如从命，我随便点了一首歌，和着伴奏唱了起来。等我唱完，掌声四起，拉我进门的女生说："哇哇哇，梦蝶，你这位朋友唱歌太赞了。"

我转眼望去，才发现屋子里多了一位女生，在迷离的灯光下，我眯着眼仔细打量，猛然发现她正是我刚才在厕所遇见的那位。

接着是一阵沉默的尴尬。

梦蝶咳嗽了两声，说："你们弄错了，我朋友临时有事，今晚来不了了。"

我挠着头对着梦蝶笑了笑，于是告辞准备离开。梦蝶却说"相遇就是有缘"，让我留下，顺便把朋友也一起叫过来。

我的两个铁哥们儿进来时狠狠地拍了拍我肩膀，说："我们以为你掉厕所里去了，原来跑这来泡美女，你这兄弟真不够意思。"

交谈中，我才知道，那三个女生居然是比我们低一届的学妹。而那位叫梦蝶的女生是学校出了名的美女学霸，我的两个哥们儿对她早有耳闻，只有我不知道。

后来，那三个女生组织了好几次 K 歌，非拉着我去助阵，一来二去，我和梦蝶成了朋友。

梦蝶毕业后选择了继续读研，而我成了大公司里的小职员。

偶然有一次聊天，我发现梦蝶有个坏习惯，从来不吃早饭。

周末一早，我把自己做的营养早餐塞给图书管理员，拜托她放在梦蝶喜欢坐的位置上，还好毕业前和图书管理员有几分交情，她不会轻易出卖我。

担心盒饭被人误领，我在下面压了一张纸条，做贼一般躲在书架后面，视线刚好可以观察到那个位置的情况。

不一会儿，梦蝶抱着书来到桌子前，她疑惑地看完纸条，坐了下来，打开了饭盒，嗅嗅，拿起方便筷子吃了几口，时不时抬头左右观望，似乎她知道送饭的人就躲在附近。

我又激动又失落，激动的是梦蝶吃了我给她做的饭，失落的是她居然接受了“他”的关心。

我在纸条上写着：梦蝶，请按时吃饭。

落款是：时刻关心你的人。

有人说暗恋是一件痛苦的事情，你喜欢她，且为她付出一切，但并不一定会有回报，到最后得到的只是悲伤。

我却不这样认为，我认为暗恋是一件幸福的事情，在幕后的我能够得知她的喜怒哀乐，也可以肆无忌惮地奉献自己的光和热，毫无顾虑，不计较未来的得失。

梦蝶养了一只博美犬，这种犬是一种长不大又十分可爱的小狗，听说是她前不久过世的奶奶送给她的生日礼物。

梦蝶和一群同学带着它出去郊游，晚上发动态才知道她的博美犬在回来的路上不见了，貌似遗失在了公路旁边。

看了看手表，现在已经晚上九点，窗外一片漆黑，天气预报说今晚有大雨，我没有犹豫，披上衣服拿着手电筒出了门。

奶奶生前送她的礼物弄丢了，她一定非常伤心。

借了朋友的汽车，一路飞奔来到了那条事发公路，越过栏杆，两侧是密密麻麻的植物。我把手电筒含在嘴里，弯腰慢慢地向前滑行。出门匆忙，我穿着短裤，小腿一路上不知道被植物割了多少口子。

我忍着疼痛，喊着博美的名字，四下寻找。

伴着雷鸣，大雨倾盆。不过好在隐隐听到有动物低吠的声音，当电筒照到目标且确定是我要找的博美时，电筒也因为被雨水打湿而熄灭了。

小狗的一条前腿擦伤了，当把博美送到动物医院后，我早已累得筋疲力尽。

第二天我把治疗好的博美送到梦蝶宿舍楼下，看见小狗大摇大摆走了进去，我以百米冲刺的速度消失在楼道里。

不到半小时，梦蝶在微博发了动态，标题为“感谢”，下面配了短视频，视频中她用博美的小爪子在胸前比画了一颗桃心。

这一刻我无比激动，过了一把“无名英雄”的瘾。

我干第一份工作时一直不在状态，多年积累的自信也逐渐被磨灭，每天浑浑噩噩地混日子，再无刚毕业时的雄心壮志。

梦蝶却永远保持着一颗上进心，不断地努力充电，考研、考证，或许这也是我暗恋她的一个原因。

颓废的人不配拥有炫丽的人生，更不配拥有美好的爱情。我决定改变自己，奋发图强，我要光明正大地站在女神的身边。

在唱歌方面，我有些天赋，于是找懂音乐的朋友帮忙选购音乐方面的书籍。

过去闹钟响过三遍才能起床的我，如今五点不到就爬起来练歌，过去我坐公交都在刷微博看八卦，如今端着本书钻研作词作曲。

除了正常的八小时工作之外，其他时间我都沉浸在音乐的世界里，所有的娱乐项目都被我拒之门外。这样繁忙而单调的日子，我非但没有觉得无聊，反而一直斗志激昂。

半年后，我在某大型原创音乐网站上传了自己作词作曲的《单相思》，三天上了热门推荐，一周内就上了网站首页。

《单相思》这首歌一炮而红，在歌迷的强烈要求下，我前后又录制了三十多首歌曲，80% 上了网站首页。八个月后，我成为这家网站的驻站歌手。

一年后，我发行了人生第一张专辑，我索性辞去工作，成了职业歌手。

写歌之余，或许是大脑发热，我写了一封情书，并在信封上画了一颗红红的桃心，准备向梦蝶坦白一切。

真要送出去的时候，我却迟疑了。

如果表白失败，我们还能像以前一样继续做朋友？其实，在她背后为她付出也是美好的，至少这样我心底还能够存有一丝幻想。

“呜呜呜”手机的震动把我从回忆中拉回现实，是一条来自梦蝶的短信。

这一瞬间我感觉手臂上绑了一块巨石，使我打开短信的手指变得十分僵硬，手指也不停地颤抖。

好像过了一个世纪，我终于把短信打开。

“你总是喜欢匿名，给了我最真实的爱。谢谢你一直陪伴着我，不过聪明的我其实第一天就知道是你，只是想看看你是否是真心。幕后工作做了这么久，你可愿意到幕前面对我？”

朝窗外望去，我突然发现这座城市的夜晚并非印象中的那般黑暗，其实在这黑暗中依旧存在着缕缕光芒。

我嘴角上扬，没有任何犹豫地回了短信：当然愿意。

喜欢你，就会有对抗世界的力量

安如墨

工作了一天的余芊芊，在公交车上闭着眼睛养神，被一对打情骂俏的情侣给吵醒了。

女生说自己不够好，配不上男生。然后便是两人的吵吵闹闹，说的尽是对方的缺点。最后两人吵得不可开交，迎来了车上很多人的目光。

恋爱中的男女不应该是这样的，应该是彼此包容，彼此成长的。曾几何时，她也喜欢着一个男孩，爱到了骨子里。也是因为那个男孩，余芊芊明白了什么叫作喜欢。

有种喜欢，可以因为一个人，去奋斗。

有种喜欢，可以因为一个人，去流浪。

有种喜欢，可以因为一个人，去改变。

有种喜欢，可以因为一个人，去对抗全世界。

因为你，我愿意成为一个更好的人，不想成为你的包袱，因此发奋努力，只是为了想要证明我足以与你相配。

那一年，余芊芊实习了。

遇见高松是在她实习的第一年。余芊芊怀着满腔的热血，去体验医生的生活。

那时的余芊芊还是一个纯粹的文艺少女，热爱小清新的雪纺上衣和各式笔记本与彩笔，还做着小女孩幼稚的收藏梦，譬如收藏彩色胶带和头绳一类的小玩意。

文艺少女余芊芊凭着文艺少女的浪漫情怀和偷懒成性的学生本质，在本应该刷题写作业的自习课，绞尽脑汁地写完了这段歌词。余芊芊觉得自己的人生都在放光。

医生的确是个好职业，可初来乍到的余芊芊还真就不习惯，一晕血，二笨手笨脚，以至于一个叫高松的医师一直挑她的毛病。

那时的余芊芊并不在意，仍做特立独行的自己，却不知在那时她已将整栋医院的单身女孩给得罪了。原因来自于高松。

高松，长相不算很英俊，医术水平却极高，在医院是出了名的一流医生，至今单身，是整个医院单身女孩的心仪对象。高松从不对任何人指手画脚，连话都懒得多说，唯独对余芊芊，管得太宽。

余芊芊是那种长相清纯的女孩，白皮肤黑头发，中等个，在众人眼里她只是刚出社会的黄毛丫头，原本在医院并不起眼，就因为高松的介入，让她成了医院的红人。

医院的议论，同事的指指点点，让她后知后觉地发现了一些端倪。

说实话，对于高松，余芊芊是有感觉的，不知从何时起，她已经开始在意起他的一举一动。论外貌，她配他绰绰有余，论经验，余芊芊还差那么一点。

表面上，余芊芊依然和往常一样上下班，做着自己的事，唯一不同的是，她开始改造自己。

余芊芊咽下肚子里的眼泪，拉着朋友去图书馆血拼，删掉自己学生时代的幼稚言语，换上小太阳一般的动态，和身边的人打成一片。她慢慢褪去青涩，开始成长。

偶尔同事聚餐，余芊芊也只是端庄地坐在那里，对于众人的窃窃私语，她只是轻声一笑，饭后也是微笑挥手离别。

作为余芊芊多年闺密的我，也是费了好大心思才得到了真正的内部消息。

一个午后，我带着余芊芊去吃她平日里最爱吃的比萨，点了一份超大容量的比萨放在两人面前，边吃边聊。

“说吧，隐瞒了我那么久，还不快些从实招来，否则看我不好好地收拾你。”

“我……我喜欢上了一个人，可是我觉得我配不上他。”

“喜欢一个人怎么可以像你这样的委屈呢？爱情里，没有什么配不配的，只是值不值得爱，愿不愿意为彼此倾心付出。”

“可是，事实就是以现在我的傻傻模样，就是连我自己也是不忍直视的，更何况是他呢？”

“首先，你没有把自己的位置摆正。其次，你对他的喜欢可以深到多少度数？最后，你肯为这段喜欢付出多少努力呢？”

“我对他很是喜欢，我想要变得更好，好到有一天我可以光明正大地站在他的面前，对他说上一句：‘虽然你很好，但是我也不差。’我对他的喜欢已经转变为一种源源不断的动力且在我心底深深地扎根，从此以后鼓励我潜心向前。”

“我说你最近怎么这么苦练呢，原来是恋爱了。”

“你就取笑我，喜欢一个人又不是什么错事。”

“去吧，尽自己最大的努力去完成你想要做的事。”

原本，喜欢一个人，就是要和他匹配到站在一块时能够闪闪发光，而不是想要灰头土脸地站在他的身边不是吗？你努力变得更加明亮，更加炫目，那是因为你想要在拥挤的人群中，让你喜欢的那个人可以一眼就看得到你，并且认出你，可以对你心满意足地浅笑嫣兮。

从此，余芊芊又开始了自己的蜕变。

她觉得自己不够优秀，她便翻遍医学书籍成为老师与同学眼中的学霸；

她觉得自己唱歌差劲，她便认真地练习唱歌；

她开始苦练瑜伽和一字马，最厌恶跑步的她每天一小时的户外运动成了必修课。

最让我佩服的是，她为了练那个瑜伽，可以说是历尽艰苦。我亲眼见她疼得满头大汗，走路都走不了，很多次我劝她放弃吧，余芊芊只是摇着头笑着说：“你知道吗？因为他喜欢有气质的姑娘。”

没错，这个他是高松。有一次他俩人正好一起值班，闲来无事，走道电视里正好放着一个娱乐节目，里面正放着瑜伽视频。当时余芊芊拍着高松的肩膀说：“一个大男生还喜欢看这个？你俗不俗啊？”

高松却一本正经地说：“人家这叫有气质，就你，肯定不懂。”

就因为这句话，余芊芊誓死要做一个有气质的女人。爱情的力量是伟大的，伟大得可以去改变一切，帮助余芊芊超越自我。

现在的余芊芊，是朋友们的小太阳，每天活得快乐又充实，她做着自己喜欢的事情，喜欢身边的每一个人，喜欢自己的专业，享受打扮自己和学习新的技能。余芊芊在蜕变的路上走得很是快乐。

九月的第一天，余芊芊迎来了第一场手术，遇事的冷静，对病人的慰问，让所有人对她刮目相看，她更得到了高松的第一次赞扬。

那个迷人的笑容，在余芊芊心里荡了又荡，暖了又暖。在那一刻，她觉得所有吃过的苦，都太过渺小。

同一年的年底，余芊芊连休三天，她想回老家看看。只是她并不知道，在同一辆车里，高松也背着行囊，就坐在她后排。他隔着窗户，可以看见映在玻璃上她的样子，静静地发着呆。

假期很快就过了，余芊芊坐上了返回的客车。没想到在车上遇到了高松，两人有一搭没一搭地聊着。从工作聊到了家乡，再从家乡聊到了大学，然后聊到了爱情。

高松说他喜欢一个女孩，那个女孩总是笨手笨脚，说话不经大脑。他想一直这样保护她，可那个女孩不给他这个机会。

余芊芊并不知道高松嘴里的那个女孩是谁，只是迎合着他的话，问他："她知道你喜欢她吗？"

高松摇摇头：应该不知道吧。不过我会这样一直喜欢着她，哪怕她永远都不知道，只要能看到她满脸的笑，我就会很踏实。

那一刻，余芊芊从高松脸上看到了甜美的笑容，她特别想问他，那个女孩有她漂亮吗？直到下车，她也没问出口。有些问题不问应该更好吧。

直到第二年的三月，余芊芊被提升为科室主任，那一天，她收到了很多祝福短信，也意外收到了一条表白短信，来自于高松。

他说：

第一次见到你，被你率直的性格所吸引。

第二次见到你，被你的意志所吸引。

第三次见到你，被你的胆量所吸引。

每次见到你，都是不同的你，但我更喜欢率真可爱的你。喜欢你因为我的一句气话去力争改变，喜欢你噘起嘴翻着白眼看我，喜欢你被我的一句话气得牙痒痒。

你知道吗？每次看你练瑜伽练得疼得满头大汗，我多想走出来将你揽入怀中，告诉你我喜欢的是你，原本的你。但我被你的毅力所感动，感动得我好幸福。还记得我说过我喜欢一个女孩吗？那个女孩就是你，我不想错过一生的幸福，让我们携手同甘共苦，哪怕一辈子，我也愿意等。

只是余芊芊并没有让高松等一辈子，第二天的清晨，余芊芊便回了高松的短信，简短的几个字，便足以表达她的内心：我愿意。

直到多年后的今天，余芊芊依然记得他们第一次的牵手。在温暖的午后，两人深情相拥。高松拉着她，将她的头埋进他的怀里，笑说她是个傻瓜，不爱惜自己的身体。他喜欢她，不在乎她外在的一切。

余芊芊只是笑笑，说："因为爱你，哪怕弱小的心也有了对抗全世界的力量。"

高松只是将她抱在怀里，很紧很紧。

其实，当你真正喜欢一个人的时候，你就已经变得足够可爱了。

也正因为真正喜欢一个人，你才会有对抗全世界的力量，不是吗？

第三章

世界因你而动，潮起潮落皆因你

多年后，阳光男孩在微博中写下了一句话：如果有一天你披上嫁衣成了别人的新娘，我会在远方默默祝福你；如果有一天我穿上西装成了别人的新郎，你依旧是我的倾城时光。

——安如墨

用整段青春去撩你，是我做过最奢侈的事

文　川

机场外，冉冰低头看了眼腕表，还有 10 分钟就要登机了。那只亮银色的宝格丽是那年陈晨送她的生日礼物，现在，送礼物的人就站在她的面前，看着她身后呼啸而起的飞机。

沉默，长久的沉默，只有落客平台上的人流的嘈杂声诠释着离别的悲伤与重聚的欢喜。

“那……我走了？”冉冰低着头，微不可闻地说出了这句话。

陈晨的视线终于转了回来。她还是那样，从前她是出云之月，清丽明媚；现在她是高悬孤月，遗世独立。陈晨掏出了塞在衣兜里的手举到了冉冰面前，几颗牛轧糖静静地躺在上面，冉冰嫣然一笑。

这一瞬，两人不约而同地想起了初识的那天。

陈晨从小便患有孤独性障碍症（简称：孤独症），幸好他精通电脑编程，一直通过网络与外界联络，虽然足不出户，但还得坚强地活下去。那天他少见地走出大门，漫无目的地游荡在车水马龙的大街上，发着呆。霓虹漫漫，灯火辉煌，只有他那么孤独。

回头间，他看到了一个女人，月白色风衣随意地敞开着，里面配着一件黑色打底衫，头发散乱地垂下，遮住了半边脸，她的眼神是那样空洞而木然。

她迈着小碎步，黑色的高跟鞋轻轻地敲击着黑色的地面，就那样直直地前进，路上行人往来窸窣，她却走得那么孤独。陈晨感觉有什么东西撞进了他的心里，那一刻他明白，这女人是真的孤独。

情不自禁地，他走上前，掏出插在口袋中的手举到女人面前，手中是几颗牛轧糖，静静地散发着一种别样的幽香。

女人被惊醒，先是愕然地看着他，然后又看着面前的牛轧糖，嫣然一笑。

想着这些，冉冰和陈晨在不经意间对视，冉冰眼中闪过一抹不舍，还带着一丝彷徨。她又一次低下头去看腕表，还有七分钟就必须去检票登机了。

“糖果有童年的味道，能唤起心中最温暖的记忆。”说话间，陈晨动手拆开了一颗牛轧糖递到了冉冰嘴边。

冉冰没有吃那颗糖，而是抬头看着陈晨说：“你心中最温暖的记忆是什么？”

陈晨把糖塞进了嘴里，回忆在口中发酵，醉到了心底。他想说些什么，却又踟蹰着，满腔深情不自禁地在心中激荡开来。

那是陈晨认识冉冰的第二周，冉冰用保温壶盛着一壶鱼汤来了陈晨家。放眼望去，屋子里乱糟糟的，冉冰一边数落着陈晨一边帮他收拾屋子，陈晨默然地坐在椅子上看着冉冰在自己家里忙碌。也是在那天，冉冰知晓了陈晨是孤独症患者。

陈晨从生下来就不知道父亲是谁，与母亲相依为命，后来有一天，他亲眼看着母亲在自己眼前死去——一辆车碾压了她。司机害怕坐牢，竟然驾车逃逸。

肇事司机后来虽然伏法，但陈晨自此便害怕出门，害怕上街，亦不再言语。医生说他患上了孤独症，最后连亲戚都不要他了。

或许是发自同情，或许是感动于陈晨那晚给自己的糖，或许是别的什么情愫，之后冉冰经常来陈晨家，给他做饭，带他走出家门，她故意在电影院发出很大的声音惹人注目，在人群中拉着他横冲直撞引人侧目，在车流中推着他来回穿行……

这些，就是陈晨最温暖的记忆！

“喂！你到底在想什么？”冉冰问出那个问题后一脸期待地看着陈晨，却不想陈晨突然发起呆来。

“我在想，你最温暖的回忆是什么？”陈晨直勾勾地看着冉冰。

冉冰娇嗔地看了陈晨一眼，从他手里拿过一颗糖，剥开塞进了嘴里，顿时奶香四溢，花生和杏仁在口中发出声声脆响，黏黏的感觉透过牙齿酥到了心田，再由心尖散发，温暖了全身。

冉冰贝齿轻启，却又不敢言说，欲语还休的眼神中荡漾着女子心中最痴情的告白。

记得在第一次遇到陈晨的时候，她真的觉得自己狼狈到极点了，那天冉冰亲眼看到她的男朋友搂着闺密走进酒店，在房间外偷听的她，只觉得自己的心已坠入地狱最深处，再也无法复活。

冉冰甚至都不知道自己是怎么走上大街的，但看到陈晨的那一刻，不，是看到陈晨给她糖果的那一刻，突然觉得心里好温暖，似乎是母亲站在她面前，她竟有一种想紧紧抱住陈晨，然后痛哭一场的冲动。

后来啊，冉冰知道了陈晨是孤独症患者，她觉得像陈晨这样善良的人，不该被孤独锁在房子里。冉冰想带陈晨去见见这世界，想让他也体验一下那种发自心底的温暖感觉。

于是，冉冰在各种场合做出引人瞩目的事，她要让陈晨重新出现在人们面前，让他活在人群之中，而不是独属于自己的小世界。

冉冰说：“我要你自己打开那扇门，展现真正的你。”

那些天的冉冰虽然像个疯子一样，但她觉得在同时失去男朋友和闺密之后，她不再孤独；在离乡背井之后，她不再孤独；在戴上一层层面具之后，她不再孤独。原来，释放自己是那么的快乐，冉冰说：“这种快乐，你也要跟我一起享受。”

不过，冉冰最温暖的回忆啊，还是陈晨第一次开口说话，第一次有了属于他自己的情绪，第一次像个正常人一样做事，而这一切，都是为了冉冰。

那天，冉冰的前男友找到陈晨家来，他求冉冰和他复合，冉冰不同意，气急败坏的他居然敢动手打冉冰。陈晨突然冲上去，把冉冰护在身后，陈晨将他赶出去的背影，是那么高大威武。

冉冰从不曾想过，她会用整段青春去撩一个人，并将这时光里每一件事都当作最美好最温暖的回忆，妥帖安放在心之一隅，这怕是她有生以来做过的最奢侈的事。

念及此，冉冰的两腮晕起一抹异样的绯红，她低下头又看了一眼手表，眼中却荡起黯然之色，只剩下两分钟了。

陈晨看着冉冰，冉冰低头站着，两个人再次陷入沉默。说还是不说？这个问题不断敲打着两个人。

陈晨听冉冰说过，这次是她父母让她回去，工作都安排好了，她已经在外面闯荡很久了，该回去过安定的生活了。

冉冰清楚这次回家会发生什么：接受父母安排的工作，接受父母安排的相亲，然后挑一个还不错的人，平平淡淡地过完余生。

但陈晨不甘心啊，他小半生的日子已经过去，但那是缩在自己的小屋子里孤独地度过，他不想后半生也是如此，她费尽心思将他从黑暗里拯救出来，他怕她一走，白天都将变成黑夜。

但冉冰不甘心啊，在她最失意的日子里，这个男人默默地陪伴着自己，他是孤独的夜行者，形单影只，却总能在不经意间化作太阳，给她以温暖。人们喜欢把孤独症患者称作“星星的孩子”，可现在，她就要离开这颗星星了。

只是陈晨不敢，他无父无母，还是个刚刚痊愈的孤独症患者，做着收入不高的工作，住着勉强能住人的小房子，买不起车，更谈不上有未来。他凭什么能把她留下？又凭什么确定她会留下？凭什么能给她幸福？但是离开了她，他还能剩下什么？

只是冉冰不敢，她不确定自己这是不是爱，就凭着那温暖？可是，爱的感觉不该是触电一样的吗？何况她又怎么确定他是爱她的呢？他是个天才，他靠自学学会了编程，还把自己养活到现在。如今，他唯一的缺憾孤独症也被治好了，他应该去找更好的人，和那个人在一起，体验真正的幸福。

冉冰又一次抬起了手臂，时间到了。

“我爱你！”陈晨的声音突如其来，带着一丝沙哑，细若虫鸣。

啊？冉冰似乎听到了什么，那句话，那句她等了好久的话。

“留下吧，冉冰，我爱你！”陈晨的声音坚定如铁。

冉冰清楚地感觉到自己的双眼痒痒的，心里麻麻的，全身的骨头都软软的。

“一辈子不分离！”陈晨抱住了冉冰，这句话他说得无比大声。

冉冰狠狠点头，用力回抱住他。

我们都是平凡人，哪来那么多轰轰烈烈，我们所能做的最浪漫的事，恐怕就是寻一个初阳般的人彼此温暖，这或许就是最好的爱情。

左手倒影，右手年华

松下童子

林枫第一次吻女孩，感觉特别凉。那个叫程静的姑娘，就这样永驻他的心房。

多年前，作为问题少女，程静的老爸托人，让她由京城转学到乡下，走进了林枫所在的高三班。

程静名字里有个静字，人却不安分得像个猴子。还是只见过大世面，衣着时尚、脸蛋白皙的猴子。都说“一白遮百丑”，何况她蛮漂亮。

课业紧张的毕业班，遮掩不住青春膨胀的激情。很快，她周围便汇集了群臭味相投的男女生。

从乡村走来的林枫，僻居班内一角。除了埋头学习，像多数优等生一样，也爱悄悄地打量心仪的姑娘。班里多了程静，好似风平浪静的湖心投进枚鲜艳的雨花石。

他从小学上到高中，不曾见过哪个女孩比程静更欢快。

不等高考的钟声敲响，程静便轻轻松松闹出了“绯闻”。出乎意料的是，她同时与两名男生闹出了“绯闻”。其中一名男生是全校皆知的学霸，而另一名男生却以拳头过硬著称。听说最终“学霸”在“拳头”下败了阵，再也不见他和程静课堂上的交头接耳。

至于林枫，依然停留在看热闹阶段。

林枫惊讶程静的才情，这源于偶然目睹她的一张稿酬汇款单。那篇短文作为卷首语刊发在当年《文苑》杂志上。

难怪程静每天嘻嘻哈哈，成绩在这所省重点中学竟能不好不坏；难怪邻桌“学霸”近水楼台得悉程静风采；难怪大大咧咧的“拳头”早早拜倒在她石榴裙下，成了只温顺的狸花猫。

待到林枫由留言册上见到程静圆润飞扬的字体，他陡然联想到她的秀发。即便春风拂面，那长发乱得依旧有秩序。

走出高考考场，安静的校园骤然欢腾起来。

来自县内的男女生，倾诉完依依不舍的深情，忙着打点行囊，回归村庄。唯独程静是返京参加考试。缘分使然，林枫和程静，素无往来的两人邂逅长街上。

程静跳下单车招呼他，林枫正汗流浃背地摆弄掉链子的破自行车。程静望着车后座积满油垢的被窝卷，笑了。那刺耳声音一下子让他很囧。林枫结结巴巴地问:“你怎么还回来?”“本公主特意带来玉照，骑马骑驴的王子等着要呢!来张不?”

林枫接过递来的照片，眼前的姑娘在照片上微笑，纤长手指摆着胜利的姿势。

“注意啦！老同学，背面有我家地址，记着写信联系！”好不容易修好自行车的林枫，难以抗拒她突袭的容颜和热情，喃喃答应着，匆匆作别。

等待揭榜日子，林枫消减了“拳头”和“学霸”的压力，涌起给程静写信的冲动。他苦心孤诣在粉纸上写下浅浅几段话，无非诉说学子雷同的空茫，却灌注了深深的情谊。信发出去，辗转回往，当林枫失去耐心时，邻居送来回复。全篇只字没提“拳头”，满是相约“学霸”会师京城的旖旎。那信和照片，林枫几欲付之一炬，最终紧锁书柜、压在心底。青春，岂非往往就是这个样子?

天遂人愿，林枫借来自京城的大学通知书，满足了乡村学子对缤纷世界的向往。可惜的是，仿佛缘分注定要与他擦肩而过。他只能同城默默远望程静和“学霸”在同所学府牵手。

人在京城，方知晓什么是都市。林枫曾以看同学为名，忍着浓浓苦涩去分享他们的甜蜜。那顿饭，他强作欢笑，因对面陪他吃饭的两个人洗去铅华，携手并肩，坦然面对周围投射的艳羡目光。

此后，林枫很少去那所院校，尽管他对她和“学霸”潜藏别样感激。就算不相知，倘若不相识，高中毕业前夕，他怎能悬梁刺股，由乡村来到这所城市!

大学期间，林枫身边不乏可人女孩，他却容易将她们与程静相交织。彼此稀疏来往，多为老乡同学逢年过节的相聚。他将大把时间扔在图书馆，林枫发誓要在京城扎根、发芽、结果。只要想到这城市的某扇窗内，流动着程静灵秀不羁的气息，林枫心头便会泛上满满暖意。

放假，林枫和“学霸”有过几次偶遇，他从“学霸”忧郁眼神中，似乎体会到过多哀愁。终因话不投机，长途列车上两人没做深谈，后来只由同学间传来“学霸”父亲病故的消息。

青春类似羚羊挂角，了无痕迹。大学毕业前夕，恰逢林枫踌躇满志考研时，宿舍响起“砰砰”敲门声。他刚将门卸个缝，程静便像阵旋风般冲了进来。

她双眼红肿、神情颓唐，盛夏烈日打湿了她的紫色长裙和粉白脸庞。男生宿舍寻常见的凌乱，没给程静带来丝毫笑点，她急道：“你快去劝劝学霸吧，他死活要回家乡！”

往事如风，林枫原以为自己心如止水，谁想潜藏如此黏稠的酸涩。走太近的两个人，也曾听闻几度分手，甚至各自有过糊涂的断续恋爱。直到别离时分，方印证了衣不如新、人不如故。

闻之原委，林枫变得格外冷静。他淡淡地看着面前梦中人，看着那双露着焦急的目光的双眼，突然很心痛。他和她上车、倒车、下车，奔赴“学霸”宿舍，却扑了个空。宿舍同学告诉他们，“学霸”联系家乡某个不起眼的单位，只为照顾他苦命母亲和两个上学的妹妹。

此情此景，一时令林枫无所适从，而程静的急慌陡然化作了狂态。她拾起“学霸”遗留的破脸盆猛地扔向了窗外。那晚，程静哭了笑、笑着哭，他们在大排档喝了太多酒，只为祭奠将逝的青春与爱情。

夜风已冷，大排档终于到了打烊时分。

林枫搀着趔趄的程静重走长街，眼前闪现报志愿的场景。他很难将身边姑娘与那活力四射的骑单车女孩相重合。

尽管他极力克制没有喝高，但毕竟难抑心头积压的懊恼。

“我在充当什么角色呢？”他突然抓过这个曾高不可攀的女神肩膀，大声怒呵：“你知道吗？我一直在喜欢你！世上不光你在受着煎熬！”或许这种示爱方式如同暴风雨，来得过于猛烈；或许这示爱方式堪称另类，足以载入史册。好在世界之大，无奇不有。

透过迷离灯火，林枫在程静眼里看到了久违的清澈。她突然抬起手，打了林枫一个响亮耳光。随后歪歪斜斜紧跑几步，张开双臂向着沉沉夜幕喊道：“这世上，竟然还有个傻瓜喜欢我？竟然还有人要我！”

林枫追上前去，揽起程静匆忙躲避身边疾驶的车辆。暗夜最能曝光人性的真实。刹那，他感觉怀里的她，有着陌生的柔软，却和自己一样可怜！这世界的痴男怨女，多数岂非均有可怜过往？爱情，如刀锋上的蜜糖，轻抿是甜的，一不小心便割个遍体鳞伤。

那个夜晚，他和她坐在马路边的竹椅上，谁也没有多说话。林枫静静陪着她，期待她走出酒精的麻痹。斯人已逝，身边还有个可暂且停靠的肩膀，程静蓦然陷进深深歉意之中。这个聪敏女孩，早在高三时节，从对方躲闪眼神中便察觉到了灵犀。那时，她并非不珍惜。哪个青春少女不喜欢男生回头望？

飞扬浮躁外形下，或许那颗争强好胜的“玻璃心”在“学霸”身上寻到了互补与优越。或许，已没有或许，谁能为爱情找到理由呢？今夕何夕，当脆弱袒露无遗，仿佛莫名其妙拉近了彼此距离。

林枫将程静送到女生宿舍楼下，接近拂晓时分。青青校园，处处上演过类似故事，这时段四下悄然，学子睡意正浓，恰在积蓄力量。一路行来，她逐渐找到了女神感觉。

走进校门，本来间隔远。程静突然扭身扑进林枫怀里，仰起头，狠狠咬了下他的双唇，笑着远去了。莫大情感冲击使林枫茫然眩晕，他丝毫没品到温柔滋味，生疼的下唇仅觉得格外凉。从没爆过粗口的林枫，恨不能痛痛快快骂一骂这个特别的吻，如乡下支付瓦匠师傅工钱，一拍两散，各不相欠。

那段日子，程静躺在医院病床上，成了娇弱花朵。林枫几次过去探望，谁也不再提“学霸”，谁也没有说起那个夜晚。后来，他在本校研究生院收到来自乡下“学霸”的长信，知晓对方查出类似父亲的遗传疾病，只有忍痛割舍爱情，有生之年为家人尽番孝心。

后来，再后来，流年逝水，就是当下。

林枫一家三口回故乡过春节，在书柜翻出了那封尘封许久的信、那张摆有“V”形手势的玉照。自然，记忆里还有那冰硬的吻。

照片上的女主人风风火火推门而入，高声断喝：“你儿等你吃饭呢！”

世界因你而动，潮起潮落皆因你

玉凡瑶

关于好去处，夏草一直偏好乌镇。清澈细水，古老的木屋，一切都还保留着三年前离开时的模样，好似都能看见旧时的月色，一如当初那般美好。

乌镇的美，美到无法用言语去形容。对于夏草来说，不知道这已经是第几次来乌镇了，但是这是回国后第一次来。在那边待久了，她害怕遗忘。

看着摇曳的小船，一波一波荡开的水纹，像极了此刻自己被瓦解的心情。那种感觉，就像久已失落的悲伤。明明已经忘了，但就是莫名其妙地想要掉眼泪。

今天已经是第五天，昨晚电话通得晚，母亲已经催促自己该回家了。是该回家了，在这里不可能让心找到归宿。

清晨起得稍微晚了些，醒来时，夏草看见阳光一直延伸到被褥上。

此时，路上来往人群稀稀疏疏，小贩的吆喝声伴着晨曦，将热闹的一天铺展开来。四月天竟然有些烦躁。夏草去喝了两杯熏豆茶，便往回走。

就这么一转身，有个叫冬崇的男孩子闯进了她的视线里。

这个世界一下子静了下来，他对着她微笑，一如当年。

“好久不见！”

此时，冬崇走近几步。他不再年少，笑容却灿烂如初。

夏草傻在那，她曾设想过各种的重逢方式，或在地铁站，或在哪家咖啡馆，或在楼下的小茶楼，这些都是他们曾走过的地方。可一切都没此时来得真实、戏剧，而且她刚回乌镇。

对他，曾经恨到要把他生吞活剥，吃进肚子，不吐骨头。可此时，她竟然能够安静地端着咖啡，让彼此浸湿在这清晨的静默里。好奇妙的时光啊。

远远地，阳光穿过幽深的小巷，落在廊桥上。常青藤攀爬于心，茎叶像玉石那般晶莹剔透，时间仿佛在这一刻静止，只剩下美好。看着楼下微风轻拂的清水河，竟有种时光倒流的感觉。

“想什么？”

此时，看着夏草的安静，冬崇细心地帮她点了份曼特宁。这么多年了，他还记得她的喜好。

夏草笑笑，说谢谢，便不再言语。对方的体贴将生冷的气氛在咖啡味中渐渐变得温润。曼特宁总是这般让人心静，特有的醇厚带给人心动的味道。

“这几年过得好吗？”冬崇声音沉稳，干净利索。

“嗯，还行。”

夏草笑笑，这日子怎么说呢？吃得饱，穿得暖，身体健康万事如意。

“是度假，还是为了工作？”冬崇的笑一直在脸上，很绅士，“不过呢，出来走走，对身体与心情都好。”

“你呢？”这个问句刚出口，夏草皱皱眉，她恨这个人，这种关心的话语不适合她。

“还说得过去，上班工作，下班睡觉。”

其间，母亲打来了电话，夏草抱歉地离开了咖啡厅。微笑，挥手告别，冬崇站在角楼上目送她走远，他的心如当年为了配合她治疗时，那般疼痛。

母亲在电话里关心了一下她的胃，还问了些无聊的问题，最终以早点回家做收尾。

整晚，对着天花板，夏草安静地眨巴着眼睛，嘴角有些渗漏的微笑。爱过了，原来还可以变为朋友这种最舒服的状态。

夏草与冬崇相识是在大学里。那日阳光正好，夏草带着喜欢的书去了后山，那是一个僻静的读书好去处。

不知道为什么，她就这么在阳光下睡着了。透过稀疏的树叶，阳光像光束洒落在她的脸上。此时冬崇正好去图书馆，途经这里。他看着眼前的一切，竟有种让人窥见心事般的悸动。

遇到喜欢的人，只一秒，所有的人都将变成将就。

醒来后的夏草看见了手中的纸条，傻看着空无一人的四周，有些莫名其妙。

时间过得贫乏，两人再次相见已经是两个星期之后。只是她不认识他。

在学校礼堂，当晚要举行国庆晚会。大家都在忙碌对接彩排，忙碌中的夏草，有着大家的风范。

看见夏草的冬崇，忍不住走了过去。他有着满腹的窃喜，尽管她不认识他。

“你好！”面对陌生的面孔，夏草微笑表示礼貌，但找不出任何关于这个人的记忆。

“我们认识？”困惑的眼神中夹杂着些小俏皮。

“现在不是认识了吗？”

老套的搭讪！这是夏草心里第一个反应。但所有的故事情节、设定、排序、人物出场，根本不是她说了算。

相识到相知，最后收获爱情，一切都是水到渠成，自然，舒缓。

可是，如火如荼的情感大戏刚刚转场到高潮，冬崇却提出了分手。原因很简单：不合适。三个字将彼此所有的情感生刮得血淋淋的。他留下个背影，消失在门楼里。

她一直渴望爱情，但她不奢望爱情。一如她的人生。

从小到大，夏草都是一副乖宝宝模样。成绩好，性格好，她是个听话懂事的孩子。在父辈的眼里，她一直是用来说教他人的楷模，典范，没有比她更省心的孩子了。

可不知道怎么，自从那次晚会后，夏草像是忽然间变了一个人。她买了王杰的音乐碟，买了破洞的裤子，画上眼影，涂淡妆。最让人难以相信的是，她竟然开始写情书，一封一封的情书。

而这只是因为她遇见了那个人，所以她才这般努力，将自己变成对方心里想要的模样。

可这一段时光，走得太快！

不爱，也并不只是他的错，或许我不够优秀。

在一段痛哭流涕的日子后，夏草重新活了过来。努力学习，每天都复习到很晚。朋友都说不要这么拼，生活还有很长路程，很长时间，很多模样，无须太投入。

我努力，是希望遇到更好的人，配得上更好的生活。

尽管生活对她过于苛刻了点，她知道属于她的时间已经不知道被计算过多少遍，而且正在做减法。

那年秋天，枫叶正红。她病倒了，不出任何意外地倒在了去学校的路上。醒来时，父母一脸的惶恐与不安，而她却是一脸的憨笑。

“超人小强，我又回来了！”

一个月前，主治医生就对夏草的父亲说，如果你们下个月还不送她去国外接受手术，她是活不过今年的。当时，父亲痛得老泪纵横，可夏草只是耸耸肩膀，活过了今年又怎样？她只希望能跟爱的人度过生命中最后的一段时光。

甚至，她还想过结婚，就像做白日梦。

冬崇（虫）夏草，再多灵丹妙药也不能挽救这段夭折的爱情。对啊，白日梦，因为她已经不是冬崇的谁了。

此时，没有人会与她商量，也不会有人告诉她，冬崇为什么会突然离开。

下一站在哪，她不知道。被推出病房的那一刻，她死死地看着病房的门牌号，202，竟有种悲凉感。202，22，今年的她才刚刚22岁，花一般的年纪。

她不知道自己还能不能回来。

曾经，她不知道该不该对冬崇说出真相，害怕他难过，伤心，甚至害怕他的冷漠与移情别恋。只是命运还是给了她答案，会痛吧，但不悲切，一切都被运作了十几年，死亡并不可怕，亦没有任何新鲜感。

夏草从小就知道自己和别的孩子不一样，家人从不带她去游乐场。因为那些惊险刺激的游乐设施她玩不了，就连平时受到一点惊吓，她的心就会痛得死去活来。

那种十万分之一的发病率，就这么巧，她遇到了。

她是那么爱冬崇，看他开心，看他笑。当拼了命地爱上冬崇的时候，她就知道了最后的结局，可他不知道，但她不奢望那人的同情与怜悯。

朋友说得对，除了爱情，生活中还有更多有趣的事情等着她去做，去期待，去相遇。比如说来一场说走就走的旅行，比如说努力跻身那樱花纷飞的上海财大。

每次发病的时候，她都很坚强，不去流泪。她从不怨恨上帝对她的苛刻，只能说她的好运还未到来。可当冬崇爱上她的时候，夏草却控制不住泪湿满眶。世界因你而动，潮起潮落皆因你，能在人生中最好的时光里遇见一段叫幸福的爱情，死而无憾。

夏草跌倒的那一刻，看着天空离自己越来越远，她忽地明白，人生本是如此，不精彩地折腾几下，也太对不起自己在这世间走一遭。

站在廊桥上，夏草心生倦意。想着那些时日母亲在病床前的忙碌，潸然落泪，原来她并没有被世界遗弃。有人爱，被人爱，这个世界，多好。

其实，活着本就是一场艰苦的修行，当我们哭着来到这个世界的时候，应该早就意识到未来的艰辛与磨难。无法选择出身，无法选择健康的体魄，但我们有权选择什么样的人生。

夏草昨晚订好机票，今天一大早，收拾好行李，准备离开。

刚到门口，冬崇双手插在口袋里，正依靠在门庭的柱子边，一脸微笑。这种姿势，想是已经保持很久。

“一起吧！”

“不，我可以自己回去。”

“再陪我走一程，可好？”

时光荏苒，只愿岁月静好。

微笑对待生活，人生便会回馈我们一分美好。这一分美好，或叫爱情，或叫幸福，也或者叫人生。

兜兜转转，你依然是我生命里的主角，这个结局，很好。

爱情，是一个不加修饰的童话

零

手中的酒杯渐渐模糊不清，光线变得昏暗。她的身影却出现在这忽暗忽明，闪烁着光点的景象中。我看到她慢慢向我走来，越来越清晰，我看到了她的短发。越走越近，我看到了她脸上的微笑，她的眼睛。她坐到了桌前，拿起酒杯向我举起，她嘴巴张开，又闭上，张开，又闭上，她在说什么……

哦，是叫我把眼睛闭上。眼前，一黑。往事一幕幕，回忆一重重。

还记得那是一个下着小雪的清晨，我上完早自习，往图书馆赶去。室外冰冷刺骨，北风似刀，路边的一排银杏簌簌地，张开沙哑的喉咙。我埋下头，加快了步伐。

民法讲到哪了？好像留置权讲过了已经，可是，不是用益物权还没有讲完吗？怎么去讲担保物权了？唉，这孙老师真是不靠谱。

思绪中，不经意撞到一个女生，她戴着黑色镜框，齐耳短发，细眉，脸是通红的。这姑娘真好看。

她弯下腰去捡散落在地上的资料，我迟钝了两秒，也蹲下去帮她捡资料，反复说着不好意思。

捡好了，放到她手上，她头也不回地走了。整个过程没有说过一句话，只是脸，一直红着。

男生寝室的座谈会总是离不开女生，那天晚上也不例外。

"现在女生就是这么傲娇，"阿康一边啃着比萨，一边说道，"上次那个女生，我跟她打招呼，都不理我，亏我从超市跟踪她到食堂。"

"咋的，康哥，你又看上谁了？"李飞冒出一句。

"听说是外语系的，脸蛋太正了，和咱们同届，不过还不知道名字。"

阿康最擅长和女生打交道了，我很少和他们说话，更不用说讨论女生了，我只是听，因为我不懂。

讲课毫无章法的孙老师，每一堂课都是座无虚席，她除了讲课天马行空、旁征博引外，总是热衷于和学生交流恋爱方面的心得。来听她课的除了本院的学生以外，外系的女生居多，有人录音，有人拍照。似乎女生永远比男生更关心恋爱这件事。

"如果你还没有谈过恋爱，那么千万不要错过大学这个时期，因为爱情，是一个不加修饰的童话。"孙老师喜欢这样诱导我们，"没有恋爱的大学是不完整的，希望大家都能有一段美好的经历。"

大学与恋爱，我搞不清楚这两者之间有何必然联系。但是懵懂的心里却有一种难言的渴望，我在渴望一场轰轰烈烈、策马奔腾的爱情。

第二次遇见她，是在图书馆里面。

依旧黑色镜框，齐耳短发，细眉。她手里拿着一本《红玫瑰与白玫瑰》。慢慢走来，她坐到了我的斜对面，看了我一眼，想必是认出我来了。我想跟她打招呼，但是觉得好尴尬，只得装作若无其事，继续看书。

图书馆的桌面更换成了崭新的镜面玻璃，倒影清晰，通过镜面反射，我瞄到她双唇粉嫩，似乎化了妆，整个人像一朵明艳动人的粉玫瑰。

耳边突然回响起孙老师的恋爱经典语录："如果你没有谈过恋爱，那么千万不要错过大学这个时期。爱情，是一个没有修饰的童话。"

于是，我猛地站了起来，坐到了她旁边的空位子上，写了一张字条递到她面前：

佟振保的一生在红玫瑰与白玫瑰之间纠结，而我易明此生只钟情于粉玫瑰。

她把纸条在掌心揉成了一团，脸一直红到耳根。

两个月后，我们正式交往了。她把手挽在我手臂上，头靠在我肩头，安静得像一只午睡的小猫，我们坐在草地上，沐浴着金色的暖阳。她问我什么时候开始喜欢她的，我说，那个冬天啊。我完全不假思索地回答：那个冬天，那次碰撞，那个女孩，一下子涌入了心底。

第二次在图书馆遇见，当时为何如此大胆，我也说不清，只是不想错过良机、错过她，傻傻地急于表白。

我告诉她："我会一直陪着你，因为陪伴是最长情的告白。"

她说："你知道吗？女生都喜欢童话，我希望你能给我一个童话。"

我说："我会让你拥有这世上最浪漫的爱情。"

初恋的感觉，就像发现新大陆一般，除了无知，你一无所有，然而每一步都有新发现，每一步都是新体验。誓言总是美若彩虹，让人陶醉其间。

我的初恋女友是哲学系的。我觉得有趣的是，女生本身不就是一本哲学书吗？生存和死亡，女性与爱情，有的哲学家毕生都在研究这些看起来普通却无法彻底说清楚的东西。

没有经历想象中的轰轰烈烈，我们平平淡淡地相处了三个月。

不知何时开始，她总爱向我抱怨，抱怨为何有那么多的苦恼，学业的困难，生活的险恶。我告诉她，每个人总会遇到困难的，只要咬牙坚持下去，生活总会有起色的。没想到，她哭得更加厉害了。

我接着说，世界上的所有苦难，都是可以受着的，只要我们都能坚持下去。成功者和失败者的区别，就在于，一个坚持了，另一个却选择了放弃。她听完还是继续哭。

听到抽泣声，奶茶店有不少客人看过来，小声议论着。似乎是我惹哭她的，我脸上有些挂不住了，脸色变得越来越难看。

我正色道："你哭有什么用？哭能解决什么问题？没有用，也不能解决问题，你遇到这点困难就退缩落泪，怎么面对以后更大的难题？你要学会坚强！"

我的声音似乎有点大了，我也不知道自己是在安慰她还是责备，但却起了效果，她不作声，泪眼汪汪地望着我，只说了一句："对不起我做错了。"然后快步转身，跑出了奶茶店。

我感觉有点不妙，立刻追了出去，然而却没有看到人影。打她的手机，提示已关机。

既然她可以躲着我，我也没必要纠缠到底。

我深信自己没做错什么，是她在无理取闹，渐渐地，我对这份感情失去耐心了。

那一通电话是整个事件的导火线。

那天我在洗澡，女友用我的手机玩连连看。突然，一个女性朋友打来电话，被她接了。我不知道她们到底说过什么，当时她脸色不霁，揪着我不放，问了很多莫名其妙的问题。她像查户口一样，调查那个女生何时和我认识的，认识了多久，她是不是在追我……一开始我拼命解释，后来发现说得越多，她眉头皱得越紧，我只能三缄其口。

接下来的两个月，各种拌嘴，各种吵架，各种争执，轮番上阵。

分手也是在图书馆，地点不变，只是上演的事件不同。

当时，我正在看考研资料，她突然从背后出现，扔了一张纸条给我，扭头就走。

我摊开纸条，露出一行隽秀小字：佟振保的一生在红玫瑰与白玫瑰之间纠结，而你易明此生也不过如此。

我咬着下唇，用力地揉碎纸条，叫她出来谈谈。

沉默良久，她终究还是开口了。

“我去见过她了，一个普通到平凡的白净女生，你到底怎么想的？舍弃我而选择她？就算你们不承认，我就会一直蒙在鼓里吗？”

猜忌怀疑，说什么都等同于虚无，我们之间已不存在信任，多说无益，我真的彻底受够这种无理取闹了。

“这样闹下去有意思吗？”我看了她一眼，说道，“她有男朋友，我也有女朋友，我们只是普通朋友而已。我们平时很少有联系，我怎么知道她深夜给我打电话想说什么？电话是你接的，她说什么，你应该比我清楚。”

女友情绪有点激动，站到我面前，冷笑着问：“你居然吼我！你喜欢她，是不是？”

我用力抓了两把头发，信誓旦旦地说：“我喜欢你。我只喜欢你！”

她看着我的眼睛，说：“我问的是，你喜不喜欢她？”

“不喜欢。”我斩钉截铁地说。

她突然笑了，笑得很诡异，那一刻她美丽的脸蛋看起来有点扭曲。她没再问下去，转身走了，一路没有回头，我也没有追上去。

花落不随风，缘去不由人。

分手那晚，我喝了五瓶啤酒，醉得不省人事，吐得肝肠寸断。

我在半梦半醒间，出现了幻觉，她立在我的身边，嘴巴一张一合，似乎在对我说着什么……可是，声音太小，我听不清。

眼前一黑，我跌入了回忆与梦境交织的二重世界，亦真亦假，亦实亦幻……

一年后，考研失败的我选择北漂，在大城市奋力打拼着生活。

某个周末，我收到了两张一模一样的烫金喜帖，一张是初恋女友的，一张是室友阿康的。

婚礼的日子如期而至，既然碰巧在一个城市，我没有不去的道理。

婚礼场面宏大，但却无多新意。

中场，阿康抱了个吉他，上去唱了一首歌，我过去从没听过。参加婚礼的大学同学坐同一桌，大家嘻嘻哈哈，酒足饭饱过后，其他桌的人走得差不多了，阿康坐到了我们这一桌。

几杯酒下肚，阿康开始调侃：“她就是我之前给你们说的那个正点妞，哈哈哈，不过她不学外语，是学哲学的。其实我俩大四上学期就好上了，只是一直没给你们说……别怪我先下手为强呀！”

阿康说，这姑娘特懂事，在学校那会儿，不论什么情人节、圣诞节，从来不许我买花、送礼物。但是啥也不送的话，实在说不过去。所以我开始学写诗、写歌。这不，还学了吉他，刚才在台上唱那首就是第一次写给她的情歌。

“康哥，真有你的！我以前以为你是个情痴，没想到你是痴情啊！”李飞调侃。

大家被逗笑了，我的嘴角却越来越僵硬。

大四上学期就好上了，那是，我们分手之前的事……

散场了，新娘始终没来这桌敬酒。

没人和我顺路，我挤进了拥挤的地铁，挤在一群陌生人的中间，从未有过的孤独感席卷了我。我拿起手机，删除了和新郎、新娘所有的联系方式。

美丽的她从来不是玫瑰花，而是我没有认清花卉的品种。

这一刻，脑子里浮现出孙老师的话：“爱情，是一个不加修饰的童话。”原来只有我一个人生活在童话里，而他们都生活在现实中。

她的猜忌怀疑，她的无理取闹，在这一刻，我全释然了。

既然不是一路人，你若安好，我便不扰。

青春里，你是我的倾城时光

安如墨

近日，微博上推出“我的初恋，我做主”话题活动，不论娱乐大咖，还是平头百姓，都在积极写博文。

正在看微博的阳光男孩突然手抖了一下，莫名地，他想起了一个人，一个深藏在心底的人。

到现在，他都还记得那两次偶遇。

第一次见到她时，是在一个略有薄雾的早晨，在万物没有苏醒，露珠还在草间打盹儿的时候，一个女孩已经来到操场跑步，他远远地看着她一个人，跑了一圈又一圈。

第二次遇见她，是在学校的图书馆里，她踩着椅子费了九牛二虎之力才拿到搁置在书架最高层的书，脸涨得通红，当书终于拿到手后，想要喘口气的时候，一低头透过缝隙看到了对面的他，两人相视一笑，他转身离开。

那时只知道她很特别，却不知道她的名字。

直到校园举办社团活动时。那一天，她穿着粉红色连衣裙，在舞池中翩翩起舞，所有同学都被她的舞姿深深吸引，其中也包括阳光男孩。舞蹈结束后，他在心里牢牢地记住了她的名字——凌容。

凌容姑娘和阳光男孩并不是同个班级，只因在同一个社团，有些活动中会见上一面。两人的关系维持得一般。擦肩而过的瞬间，回头仅相视一笑，然而不知名的情愫却在两人心间发酵；社里传两个人绯闻的时候，凌容姑娘会面红耳赤地澄清。

其实，凌容姑娘并不清楚到底阳光男孩是个怎样的人。

有时在雨天见到他一个人走在灰沉沉的夜幕下，因为不爱打伞，落下的雨滴顺着衣服的边缘，滴答滴答落在地面上，他好像一个独自行走在荒野上掉队的人，这份孤独的感觉穿透时空，让凌容姑娘的心莫名地疼了一下。

有时，在篮球场上见到他总是默默不说话，有时是和同学一起打球，他球技不是最出色的那一个，但却是最卖力的那个。

社里有同学问过凌容姑娘，同学觉得阳光男孩好像对凌容姑娘和别的女生不一样。比如当凌容姑娘因为感冒不能出席社里活动，他的目光会不停地在门口游走，还会假装不经意地打听凌容姑娘什么时候才能痊愈。

阳光男孩也会因为凌容姑娘的随口一句“我想吃冰淇淋”，就在短暂的十分钟内，从五楼教室飞奔跑下去买一个冰淇淋，然后在烈阳底下护着快融化的冰淇淋跑上楼，递给凌容姑娘，却一句话不说，就默默地走开。

时间长了，两人也成了可以互道衷肠的朋友，后来也会偶尔一起散步，在星月下畅聊，但是一般都只有爱说话的凌容姑娘的声音回应着迎面而来的晚风，有时聊到好玩的事儿，两人会不顾形象地大笑。

凌容姑娘真的是一个玲珑剔透的女子，她热爱生活，积极向上。只是这样好的姑娘又怎么会没有人追?

大二那年，有男生向凌容姑娘表白了，还展开了疯狂的攻势，玫瑰花、布娃娃，深夜唱生日歌等。

而对爱情还处于无知状态的凌容姑娘懵了，她把被自己不喜欢的男生追求的苦恼像往常一样，全都倒给阳光男孩听，这也拨动了阳光男孩心底那根静止的弦。

于是，在一次两人同行的路上，阳光男孩鼓足了勇气，向凌容姑娘表白了，她娇羞地同意了，从此两人的关系从朋友成了恋人。

每个人在初次谈恋爱的时候都是那么蠢笨。凌容姑娘和阳光男孩也一样。

第一次以男女朋友身份逛街，阳光男孩不敢牵凌容姑娘的手；在晚上躲在被窝里打电话时，凌容姑娘一直等阳光男孩的“我想你”三个字等到吐血；第一次来到凌容姑娘宿舍楼下时，阳光男孩手握着花了两小时才买来的蓝色妖姬，结果被凌容姑娘告知此花校门口的花店就有出售。

凌容姑娘和别的女生不一样，比如不喜欢黏人，两人一个月见不到几次面，约会时还总拉着阳光男孩泡图书馆；比如性格过于耿直，偶尔两人观点不一致时，凌蓉姑娘定会与他争得脸红脖子粗，然后摔包走人，最后还得阳光男孩拉下面子，率先赔礼道歉。

反正两个人吵架到最后，都是以阳光男孩最诚挚的道歉而告终，虽然道歉的语言简单朴实，却让凌容姑娘觉得幸福而满足。

凌容姑娘经常说的一句话就是“遇见你真好”。没错，凌容姑娘这个唯物主义者，在爱情这点上，相信命中注定。生涩的阳光男孩遇上生猛的凌容姑娘，从而绽放出最热烈的火花。

后来，因为实习的缘故，他们见面的机会少了很多，但在每一次来之不易的约会中，他们话题依旧那么多，笑容依旧那么甜，多的只是实习期间的一些奇葩事，偶尔笑语连连，牵手走在美丽的夜色中。

即便再美好的恋爱也有出现分歧的时候，凌容姑娘和阳光男孩第一次争吵是因为一个叫月儿的女生。

某天，阳光男孩在下班途中，拾到了一只贵重的女士腕表，交到了附近的派出所。失主刚好也前来报案，碰巧遇上了，失主正是月儿，物归原主后，她十分感激。

好巧不巧，再次相遇，阳光男孩惊讶地发现他们竟是同一个实习单位的，只是部门不同而已。因为有了这层特殊的关系，两人走得更近了，无论是在工作中还是生活里，他们都很投缘。

阳光男孩在凌容姑娘面前自豪地分享了自己拾金不昧的事迹，对此，凌容姑娘并未多想，还赞许他有正义感。

后来，实习公司迎来了业务高峰期，阳光男孩经常加班到深夜，凌容姑娘约了他几次，他都以没时间为由推脱了。对此，凌容姑娘虽不高兴，但也表示理解。他们的话题从那时开始变少了，除了工作以外，鲜少谈及其他，凌容姑娘不由得眉头紧锁。

那一天，凌容姑娘心血来潮做了爱心便当，打车送到了阳光男孩所在的实习单位。本想给他一个大惊喜，却发现他不在办公室，便给他打电话，电话被直接按掉了。凌容姑娘嘟着嘴，心想他许是在外面见客户，那就不打扰他工作了。她将盒饭放在桌上，写了一张字条，便自行离开了。

刚打算上电梯，却听见拐角处的楼梯间有响声。出于好奇，她走了过去，隔着安全门，她听到了下面的对话。

“阳光哥哥，你有女朋友没关系呀，反正你们没有结婚，你有选择的自由。就算你拒绝我一次、两次，我还是喜欢你呀。我今天找你出来，就是告诉你，我月儿是绝对不会放弃的！”

“你这么年轻，这么漂亮，大把男生喜欢你，你这又是何苦呢？”

很明显，这个女生在疯狂追求阳光男孩。凌容姑娘震惊之余，心里一阵难受，没有再听下去，转身离开了。

当晚，凌容姑娘约阳光男孩出来，她第一次严肃认真地问他和那个叫月儿的女生是什么关系。

阳光男孩说他知道单位流传了一些难听的风言风语，但是请她相信他，他和月儿就是兄妹之情，对凌容姑娘绝无二心。

“可是她呢？她根本不把你当哥哥，有些事情你心知肚明，不要逼我挑明！”凌容姑娘的话像针一样扎在他心上。

她不信任他，阳光男孩就此沉默了。

彼时的心境，不同以往。两人虽还在一起，却处于冷战。

凌容姑娘在等他的解释，在等他的道歉，在等他的求婚，可惜什么都没有，甚至连一个拥抱都没有，她难过、压抑、愤怒，却找不到发泄对象。

多少懵懂纯真的爱情，在一年又一年的兵荒马乱中失去美梦，失去憧憬，最后失去联系。凌容姑娘和阳光男孩也是一样。哪怕后来彼此相遇，两人只是匆匆擦肩而过，吝啬到半句话都没有。

毕业后，凌容姑娘毅然选择去外省工作，他们的恋情彻底结束了。

上了火车的凌容姑娘，收到了阳光男孩发来的一条微信：如果时间可以倒回，我一定不会对你不理不睬，一定会想方设法找回我们的过去，我会对你再次伸出双臂，给予你温暖和幸福，让你依靠我的肩膀，选择再次信任我，这样自然就不会有这一场止不住的伤感和心酸。

凌容姑娘没有回复，只是握着手机，望着车窗外不断倒退的风景，一时间思绪万千。

回不去了，我们真的回不去了。

一瞬间，她彻底理解了顾曼桢对沈世钧的情爱是多么的沉重与无奈（张爱玲《半生缘》主角）。凌容姑娘闭上了眼睛，湿了脸庞。

多年后，阳光男孩在微博中写下了一句话：如果有一天你披上嫁衣成了别人的新娘，我会在远方默默祝福你；如果有一天我穿上西装成了别人的新郎，你依旧是我的倾城时光。

你是我心动的痕迹

玲珑十三

阳光灿烂，蔺杉乘坐 17 路公交车去梅园看梅花。很快，梅园到了，蔺杉从公交车上下来，迎面碰上一位骑摩托车穿插而过的年轻小伙子。蔺杉赶紧往侧面让，不料手机从手里飞了出去，结结实实地摔在水泥地上。

蔺杉拾起手机，发现屏摔破了，开不了机。

看着摔坏的手机，蔺杉心里五味杂陈。这部手机她使用了很多年，摔坏了再买一个也无可厚非。只是，手机是初恋情人熊冒送的，蔺杉觉得特别珍贵。

蔺杉和熊冒分别 N 年了，她不知道熊冒过得怎么样。

手捧摔坏的手机，往昔的记忆如潮水般涌来。

蔺杉觉得熊冒的名字有些特别。她有些分不出是熊冒还是熊猫，冒儿和猫儿给人的感觉实在是天壤之别。蔺杉喜欢叫他熊帽，她喜欢熊冒像一顶漂亮的帽子，可以戴在头上，那感觉新奇而张扬。

整个大学期间，蔺杉最喜欢去的地方就是学校图书馆。

正是在图书馆，她邂逅了熊冒。

“同学，你好，我是熊冒，请问这本书是你的吗？”熊冒说话的时候嘴唇不动，脸上的表情也不丰富。

“是我的，谢谢你！难怪我昨天借了书回到宿舍却怎么也找不到，原来它去你那儿做客了。”蔺杉说。

“是这样，我昨天坐在你旁边的座位看书，你走的时候，书忘拿了。你经常来，我认识你。”熊冒说。

蔺杉从熊冒手里接过书，羞涩地朝他笑一笑。

熊冒这个人，蔺杉也是面熟的，虽然没说过话，但他和自己的习惯一样，总喜欢挨着图书馆阳光充沛的南窗坐下。

金色的阳光洒进图书馆，静静的、柔柔的，熊冒坐在蔺杉旁边，随手翻一本书。半小时后，熊冒起身走了，蔺杉抬头冲他笑笑，待对方回以微笑，她又飞快地低下头。

经过这次偶遇，两个经常去图书馆的年轻人似乎达成了一种默契。蔺杉来图书馆，总是会在南窗下寻找熊冒的身影，熊冒来图书馆，总是会坐在蔺杉的身边。

日子久了，两个人也相互熟悉起来。

蔺杉觉得熊冒是外表冰冷，内心火热的大男孩。虽然熊冒不知道自己的亲生父母是谁，但是养父母待他很好，把他教育得彬彬有礼、温文尔雅。

时间过得飞快，转眼大三寒假来临。

蔺杉听说熊冒要去做义工，她二话不说加入了。就这样，二人义工春运团队迅速建立。整个春运期间，熊冒和蔺杉奔走于火车站，帮助那些需要帮助的人，忙碌而开心着。

一个阴雨天，蔺杉和熊冒帮助一对老夫妻把行李搬上车，关车门的时候，蔺杉用力过猛，口袋里的手机一歪，掉了出来，不偏不倚落水洼里了，机身被水浸了。

蔺杉很心疼，那部手机是她做了半年家教，好不容易攒够钱买的。

除夕夜，熊冒送了蔺杉一部手机，说是新年礼物。

蔺杉觉得太贵重，不肯收下。熊冒给出两个选择，要么收下手机，要么做他妹妹。

熊冒竟然提议与她结成兄妹，还有比这更馊的主意吗?

蔺杉知道熊冒在试探自己，她喜欢熊冒，她很确定。一个女孩跟着一个男孩寒假风尘仆仆做义工，除了为了帮助别人，更多的是为了靠近他。

看着蔺杉一脸排斥，熊冒什么都明白了。他把手机塞给蔺杉，轻声在蔺杉耳边说:“我要成为通信录里第一个男人。”

捧着带有熊冒余温的手机，蔺杉的心情像张开翅膀的小鸟，在枝头快活地飞来飞去。

这是一个非常特别的寒假，蔺杉和熊冒并肩行走在冷冷的北风里，并肩行走在冰天雪地中，蔺杉能感受到自己的心跳，明显多了几分激情与灼热。

寒假结束，图书馆里并排而坐的两个身影日益密切。

“蔺杉，做我女朋友吧！我会让你永远开心幸福！”熊冒说。

“好。为了见证这一个美好的时刻，我们合影留念吧。”蔺杉一边说话，一边拿出手机，拍摄了几张甜蜜的合影。

恋爱关系正式确立，两个人如胶似漆，蔺杉晚上去做家教，熊冒包接包送。熊冒打篮球，她负责递水递毛巾。春去秋来，蔺杉发现熊冒比想象中更重情重义。

一个阴雨连绵的午后，熊冒被一个电话叫走了。

熊冒在车站打来电话说自己去了 C 城，因为有人病重，需要他照顾。由于信号不好，语音断断续续，蔺杉听不清楚，索性挂了电话。

蔺杉再打过去，熊冒关机了。

接连好几日，蔺杉身边的座位都是空的。她找到熊冒最铁的哥们儿打听，起初那哥们儿支支吾吾的，后来经不起威逼利诱，便说出了实情。

熊冒前女友重病，他去 C 城照看她了。

听到这个消息，蔺杉的心一直向下沉。熊冒的前女友蔺杉是知道的，她和熊冒一样也是个孤儿，可惜没熊冒幸运，养父母待她不太好。家庭的不幸福，直接导致其前女友霸道任性，熊冒因受不了她的性格，二人分道扬镳。

分手了还去看望，什么意思嘛?

那个女人八成是装病骗熊冒的，以博取同情。想到这，蔺杉心里酸酸的，很想哭。

见不到熊冒的日子，蔺杉变得失魂落魄，她时刻握着手机，生怕错过熊冒的电话，可是，手机像坏了一样，没有接到熊冒的任何来电。

“做我女朋友吧，我会永远让你开心幸福！”熊冒的话依然萦绕在蔺杉耳边，人却陪伴在前女友的身边。蔺杉唯有抱着手机取暖。她知道，这部手机，是熊冒熬夜做网管赚钱买的，它凝聚着熊冒的劳动与汗水，还有爱恋与心意。

两周后，熊冒回来了，蔺杉喜出望外。

很快，蔺杉又陷入失望与无助的旋涡，熊冒办理了休学手续。

“我走后，请忘了我吧，你是个好女孩，会找到比我更优秀的男生！”熊冒看着泪眼婆娑的蔺杉，强忍住眼泪，千言万语不知从何说起。

熊冒 C 城的前女友罹患血癌，熊冒是她的精神支柱，是她活下去的唯一动力。同样，熊冒也希望身为孤儿的前女友最后一段人生路可以过得幸福些，所以他毅然办理了休学，决意陪她抗癌。尽管他和前女友前缘已尽，但在病魔面前，伪装的爱情也充满力量与希望。

熊冒走了，他把蔺杉的心也带走了。从前湛蓝的天空，飘来了几朵阴沉的云。

蔺杉给熊冒写了好几封信，熊冒没回过一封，他甚至没有拆开信封。蔺杉的心像寒冷的冬季，所有的快乐随着霜叶归于尘土。

大学毕业了，熊冒依旧没有一点消息。那部送给蔺杉的手机，成为两人唯一爱过的证据。

接下来漫长的时光，蔺杉独自抚慰伤痛，有些伤痛没有疤痕，没有疤痕的伤痛无药可医，因为它们来自于灵魂深处。

再见，熊冒！珍重，熊冒！

蔺杉把对熊冒的思念化作动力，潜心学习，考上了研究生。

转眼六七年过去了。

一年一聚的同学会，蔺杉打听到原本成绩不错的熊冒因中途退学，转做技术工，在邻城一家工厂上班。蔺杉去邻城出差，前去约见熊冒。

可是熊冒没有出现，蔺杉有些遗憾。

或许，熊冒就是想把所有美好的时光留在记忆深处吧。蔺杉叹一口气，再次把熊冒船一般搁浅在沙漠中。

又过去了三四年。熊冒在蔺杉心里像遥远的天空中的小鸟，越飞越远，远到只剩下一个小小的黑点。最后，就连一个小小的黑点也快看不见了。

同学婚礼上，蔺杉意外地看见了熊冒。那时她正和男朋友有说有笑，隐约感觉到一个男人眼睛一眨不眨地盯着自己——是熊冒。

蔺杉心口掩不住一阵激动。她迎着熊冒的目光，唇角扬起一抹微笑。与当年相比，熊冒蹉跎了很多，脸上的高冷帅气被几抹沧桑代替。蔺杉设想过无数次自己与熊冒重逢的场面，但没想过真正的重逢会是这样平淡。

“她带着微笑走了。”熊冒没有问好，开门见山地说。

“你也该放下了，学会往前看。”蔺杉说。

“谢谢你，祝你幸福！”熊冒说。

看着熊冒，蔺杉思绪又回到从前，回到了他当初执意要照顾前女友这件事上。长大后的蔺杉明白了，前女友比自己更需要他的照顾，所以熊冒才会撇下她，选择陪她走完最后一程，其实，前女友病逝后，熊冒回去找过蔺杉，可是蔺杉身边已有人相伴，于是他默默地离开了。

心随你动，潮起潮落，往事终要画上句号。

他们的爱情像极了熊冒送给蔺杉的手机，摔破了，无法使用了，爱情终止使用与物品终止使用，没有本质区别。

摔坏了的手机，蔺杉没有拿去修理。她用酒精把手机细细地擦拭干净，然后将其用一块洁白的手帕紧紧包裹，放在那个存放着无数封收件人署名熊冒，却又被原封退回来的信件的抽屉里。

你是我心动的痕迹，蔺杉盯着抽屉上的一把小锁，打开音乐，《爱过不后悔》之歌响起……

第四章

你我简单牵手，胜过一万次承诺

我们每个人都很容易找到一个人陪你喝雪花啤酒，却难得遇见一个人和你勇闯天涯。

——安雨

愿岁月温柔，往事可回首

月　魄

秋天和夏沫在那个深秋分离后相互之间就失去了联系。

五年以后，夏沫已经是蓉城旁氏集团的副总。他们的总裁为了公司效益，进行了一次人事大变动，从总公司选派了精英到全国各地的子公司主持大局，夏沫所在的公司也不例外。

听说，这位即将到任的总经理是“海龟”，并且在国外主修经济，深得老总的倚重。蓉城是旁氏集团最大的一个市场，蓉城所获的收益直接影响总公司今后的发展。所以这位总经理在集团有着举足轻重的地位。

更神奇的是，这位老总年轻、英俊，还是单身，在美女云集的总公司零绯闻。

“小喇叭”正在大厅给同仁们爆料所知的信息。夏沫听见后微微一笑，关上了办公室的大门。

28 岁的夏沫看着比实际年龄年轻。白皙的皮肤，水汪汪的大眼睛，一头直而柔顺的乌发垂在腰际，一套修身的淡紫色套裙穿在玲珑有致的身上，透着一股仙气。此时的她不像一个副总，倒像一个不食人间烟火的文艺女青年。

轻轻的叩门声让闭目小憩的夏沫坐了起来。

“请进。”是秘书田田。

“夏总，总经理就要到了。他的办公室怎么布置好？我想了很久都不得要领。不知道你能给我点建议吗？”

夏沫想都没想过就告诉田田，不用太刻意，简洁明快的格调最好。主色调为灰色与褐色。茶几白色，别忘记了放一盆兰花。

田田出去后，夏沫才突然发现，刚才所有的色调都是秋天喜欢的。他曾告诉夏沫，若他以后当老总，一定要自己设计办公室。他喜欢白色的窗纱，褐色窗帘，办公桌、地板，一定要与窗帘同色，书柜要褐色白色相间的。沙发要深灰色，茶几一定要白色，室内一定要放一盆兰花。

夏沫当时还戏谑他：没想到你会喜欢高端大气的东西，还有高洁的品质呢。秋天回答她：这是必须的。

没想到，今天夏沫照搬了秋天的设计。她也不知道新老总会不会喜欢。不管了，喜不喜欢就这样了。

想起秋天，夏沫心里流淌着一种柔柔的情感，隐隐地惆怅，还有一丝淡淡的思念。

刚进大学那会儿，同学们就在调侃夏沫和秋天。我们刚走过“夏末”就进入“秋天”了。

这或许就是冥冥中的缘分，也是早就注定好的结局。夏与秋永远都是交替而无法重叠。而一年里没有了这两个季节，就失去了热烈与缤纷。

同学们的调侃，让夏沫与秋天不自觉地关注着对方。

夏沫是一个很文静的女孩子。脸上总挂着一丝淡淡的笑意，让人忍不住想要亲近她。即使不开心，看着夏沫心也会安静下来。

同寝室的室友们总是叫夏沫“心灵治愈师”。她们每每忧郁或愤怒时，就对夏沫倾诉。夏沫总是很善良地拍拍同学的肩，对着她们温柔地微笑。瞬间，同学的烦闷情绪就沉了下去，变得安静。

秋天是一个成熟而又有些敏感的男孩。从小他与母亲相依为命。他没见过父亲，也不敢问母亲。周围的邻居总是喜欢偷偷地在背后猜测秋天和他母亲的故事。说他母亲是有故事的女人，孩子的父亲绝对不简单，他母亲肯定是有钱人家的外室。被遗弃或者什么原因遗落在这市井小巷。

母亲从不辩解，也不理会，只是在夜深人静时独自坐着，对月长叹。所以秋天不会再去触及母亲的伤痛。

秋天的母亲很漂亮，与夏沫有几分相似。只是母亲的神情孤高清绝，不似夏沫和煦如一阵春风。

在这样家庭长大的秋天孤高而敏感。虽然他很优秀，不论从外形到内在，都在班里独占鳌头。但是他性格孤僻，不苟言笑，让同学们望而生畏。虽然有那么多女同学迷恋他的才华与外表，但是从不敢造次。偷偷给他取了一个绰号“秋深”。

夏沫和秋天有很多相同的爱好。他们喜欢泡图书馆，也喜欢写作，同时也喜欢声乐。

他们加入了相同的社团，接触的机会多了很多。每次见面，秋天话语虽然不多，但都会冲着夏沫腼腆地笑一笑。夏沫觉得秋天并不像同学们想象的那般高冷。他的笑容很温暖，还带着几分孩子的纯真。

夏沫也回以微笑。每次夏沫都能感觉到，秋天会因为她的微笑愣一下神。她觉得好奇怪，自己这个“心灵治愈师”的微笑，不仅没让这个“秋深”轻松，反而好似让他更紧张了。看来，自己的微笑并非所向无敌。

夏沫并不知道，秋天特别喜欢看她微笑。他之所以会发愣，是觉得，夏沫微笑的样子好像母亲，只是母亲的笑容里总是藏着几分凄凉，而夏沫的微笑温暖而干净。他喜欢看这样的微笑，他真想沉溺在这样的微笑里。

只有秋天自己知道，他最享受的时光就是在图书馆看书时，偷偷地看夏沫。

他每次都挑选夏沫侧后方的位置。这样他既能很好地关注夏沫，她又不会觉察到。

夏沫每读到精彩的地方，总会将额前的秀发夹在耳后，然后耸耸肩，微微一笑。秋天每次看着夏沫这一连贯的动作，都会陶醉。他觉得小女儿家最美的表情就是专注，最打动人心的就是娇柔而含蓄的动作，开心而不张扬的微笑。

秋天有时会这样在夏沫背后关注一整晚。

秋天有自己的小心思，夏沫何尝没有自己独有的情愫。与秋天接触时间久了，她发现秋天其实不是高冷，是有点不适应自己的世界闯进很多的人，他习惯安静了。自己独有的空间和外边的公众场合不一样。那里是躯体赖以寄放与生存的地方，是必须面对的。但是自己的世界不喜欢太多人打扰，他还有点孩子那般的小怪癖。

在社团一起合作时，秋天俨然一副成熟绅士的样子，私下聊天又显得那么天真热情。只是人多了他又会缄口不言，若必须发言，他说话也蛮得体。

夏沫被这个奇怪的大男孩所吸引。所以她也很关注秋天，也很享受与秋天在图书馆看书的时光。她喜欢坐秋天的前面，这样秋天离开她会很清楚。秋天似乎每次都在自己走后一分多钟也走出图书馆。

这样她可以很幸福地和秋天待一整晚。想着男神一直陪着自己看书，抬头就能看见自己的身影，说不定看书累了，还会多注视一下自己的背影，这是一件多么幸福的事情。

最终，秋天还是忍不住向夏沫表露了心声。他给夏沫一个小纸条，上面写着：

“夏末的后面永远是秋天。秋天并不是要替代夏，而是要将夏纳入自己的怀中。这不是更替，而是一种重叠，你知道吗？初秋的时候，总是带着夏的热烈，那是对夏的翘首期待。我是秋天，我也在等待属于我的夏。你会来吗？我会永远默默地在你身后注视你，等待着你。你愿带着你的和煦走入深秋的热烈吗？”

夏沫回复了秋天：“夏会带着热情与无悔走入秋的轮回。”

后来，夏沫和秋天成了同学艳羡的一对。金童玉女，郎才女貌，羡煞所有的人。

秋天，因为夏沫变得热情开朗了许多。夏沫有了秋天之后，更加知性而智慧。

秋天似乎找到了心灵的家园，他告诉了夏沫自己的家庭状况，夏沫更加地心疼他。

他们在一起，经常畅想美好的未来。秋天立志要进入高端行业，一定要做一个拥有名车、高档写字楼的人。也是那个时候，他告诉夏沫自己喜欢怎样风格的办公室。他说，他一定要给夏沫一个美好的生活。

毕业前的一个夜晚，他们躺在公园池塘边的草坪里。夜空干净得看不见一颗星星，只有一轮明月挂在天幕上，给大地披上了一件薄如蝉翼的纱衣，让夜晚显得柔媚动人。荷花探出羞涩的脸注视着夜空，淡淡的香气萦绕在盈盈的水间。

只听得池塘里的蛙鸣和草丛间的虫吟，它们让夜不至于停滞呼吸，有一种情愫在默默流淌。

秋天紧握着夏沫的手，轻轻地抚摸着，最后五指相扣在一起。

夏沫起身，用指头在秋天的眉宇间轻轻地画着，指头轻抚过秋天的眼睑，最后整个手掌贴在秋天的脸上。

那一刻，世界安静了。呼吸声和着夜色，朦胧而迷醉。枕着月光，世界是如此美妙，两人在盈盈秋水间，脉脉相望，不言不语。

温柔的月光，温柔的岁月。

时隔多年，夏沫回首往事。很多话语记得不再清晰，而岁月里温暖的感觉从未消失。

毕业后，他们约定中秋在上海会合，一起闯上海。

夏沫如约而至，秋天没有来。

夏沫收到了一条短信：沫，我来不了了，我出国了，是我负了你，忘了我吧……

瞬间，夏沫脑袋空了，无法思维，后来怎么回到家乡的自己都浑然不知。

心有不甘的夏沫，后来到秋天家找过秋天。因为她始终觉得秋天不是一个失约不守承诺的人。她怕秋天出了什么意外，因为不想拖累自己，所以用这样的方式爽约。

可是，她没找到秋天。他们家搬走了，没人知道他们搬到什么地方去了。夏沫只是得知，前一段秋天的妈妈病了，一个男人突然找到了他们家，要带他们走，可是秋天似乎不乐意离去，那男人跪着求他，秋天的妈妈也哭得肝肠寸断，秋天这才和他们离去了。

夏沫知道，秋天只有一个妈妈，而他妈妈的生命里只有秋天。她遗憾，也有满腹的疑问，可是她知道秋天离开是不甘愿的，知道这一点足够了。

电话声打断了夏沫长长的回忆。

“夏总，兰花摆放哪一种？”

“蕙兰。”

一个月后，新任总经理上任了。他有一个要求，要见见策划装修的副总。

夏沫轻敲办公室的门，只听见一声：请进。

总经理站在窗前背对着夏沫。那身形，似曾相识。

“你还记得，我喜欢的装修风格？”总经理背对着她发问。

夏沫一阵紧张，难道是他？

“这是我一个朋友喜欢的风格，觉得你或许会喜欢，所以就自作主张了。”

总经理转过身来，夏沫愣在了当场。真是他——秋天。

两人同时问出了一句话：“你还好吗？”

不要想以后，以后由我来想

安　雨

小木是我的大学校友，认识她几年了。

刚认识她那会儿，她大学兼职，在一家购物中心做市场销售员。

虽然认识，却交往不多，顶多相互在朋友圈里点个赞。她现在的情况我也不清楚。在朋友圈里看到她恋爱了，男的看上去比较成熟，感觉比她大很多。

昨天，临睡觉前，她突然微信我，想和我聊聊，问我可有时间，我回说可以。

她说，她一直想找个说话的人，却不知找谁，突然就想到了我，重点是，她还说，觉得我是一个可以信任的人。

一听这话，我立马觉得自己高尚起来，睡意全无，精神抖擞，满血复活。

于是，我开始倾听她的讲述。

遇见夏先生之前，她从未想过结婚这件事情。

他对小木说："和你在一起，就是我人生中最后一段爱情了。"

她不置可否，只是说："未来那么远，说这些都太早了。"

她和夏先生是在豆瓣上认识的，两人在一个帖子里聊了几句，他点开她的个人主页，然后发现他们竟然有着许多个共同爱好，包括电影、音乐和图书。当时他就惊呆了，于是他毫不犹豫地给她发了豆邮。

他写的是：注意看签名档，注意看共同爱好。

当时他们一共有 219 个共同爱好，他的签名档是一句诗：茕茕白兔，东走西顾，衣不如新，人不如故。她的签名档也是一句诗词：有匪君子，如切如磋，如琢如磨。这是一首诗，来自风雅的《诗经》。

他们顺理成章地就聊上了，他要到了她的电话和 QQ，时不时地找她说几句话。她偶尔还会在深夜里给他打电话，通常是她生活中遇到了一些烦心事，他天南海北地给她讲一些新奇好玩的事情，直到她沉沉入睡，他再挂掉电话。有的时候她会产生一种两人是情侣的错觉，但是他们竟然都没有见过面，关于这个问题，小木的想法永远都是：顺其自然吧。

所以，认识三个月后，她才第一次和夏先生见面。

当时她在一家咖啡厅里等他，他进门后打电话问她具体的位置，她站起来朝他挥手，面带笑意，瞬间惊天动地。他比照片上要更加好看，笑容温暖而真实，如同十万个太阳在她面前突然亮起。

见到夏先生的第一眼，她就知道，她没救了。

如果所有爱情故事都是我爱你恰好你也爱我的话，爱情就不会让人那么着迷。

大概是他从来没有体会过生活的贫瘠，爱情对他而言意义重大，他总有一种让自己沉浸其中的浪漫情怀，愿意为了爱情而放弃所有。

小木的家境并不好，父亲染病卧床多年，家里还有一个上大学的弟弟，且家里债台高筑，尽管她一直都非常努力在工作，却并不能使这样的情况变得好一点。所以，她试图通过婚姻来改变自己的命运格局。他虽然不缺面包，但是她需要的是多得吃不完还能送人的面包，他并不在她的选择范围内。

从他的理论来讲，他应该默默退出小木的生活并祝她幸福。从她的理论来讲，她大方且有才有貌，应该很容易找个结婚对象，从此过上期待的生活。

可惜的是，尽管所有的逻辑都是正确的，世间万物却不会按照如此清晰的路径来进行，无论我们把背后的道理分析得如何透彻，我们依然下不好感情这盘棋，依然过不好这长久的一生。

他们彼此知根知底，无话不说，像极了一对知己，聊天说事，却从不谈情也不说爱。

小木认识很多有钱朋友，经常坐他们的车去兜风吃饭，偶尔也会在夜深时分让夏先生送她回家。坐在车里，小木靠着车窗，夜色正浓，街道一条一条地从身边穿过，她忽然扭过头咧着嘴对夏先生说：“世间哪得双全法，不负如来不负卿。”

夏先生执迷不悟，小木置若罔闻，他总是想：不是没有希望，万一希望实现了呢？

十一长假，夏先生和朋友徒步穿藏旅行，行走四天后准备安营扎寨，傍晚接到小木的电话。

“你现在在干吗呢？我想见你。”

“和朋友在穿藏旅行了，出了什么事？”

“那就算了，没什么，你好好玩吧。”

还没等他猜透其中的玄机，小木的短信就发了过来：忽然觉得好累，好想借你的肩膀靠一靠。

夏先生觉得，希望来了。

他站起身来，暮色将至，群山巍峨，他和小木之间隔着山高水长的几千公里，花了四天时间从内地到西藏，现在要花上相同的时间走到她的面前。

朋友都笑称，他简直是爱情里的疯子，大把年纪，还耍酷。

他笑了笑，不作声。没有经历过这种爱情，他们又怎么会懂。

他迅速地打好背包，到最近的村庄询问有没有摩托车能够把他送到镇上，打了好几个电话，等了一个小时之后，一辆摩托车从另一个村子过来接他，400 块钱谈妥，50 多公里的山路，颠得他屁股失去了知觉，耳朵失去了听觉。

到达镇上的时候已经快九点钟了，镇上已经没有车开往县里。他站在路口搭车，漆黑的夜色笼罩着小镇，星星亮了起来，经过的车辆很少，夏先生在路边站了将近两个小时之后，终于搭上了一辆重型卡车，在凌晨抵达县城，敲开一家客栈的门，倒头就睡，只睡了几个小时。

早上六点出门，在路边等到一辆开往市里的大巴车，买了张飞往郑州的机票，到达郑州机场又立马飞往成都。

傍晚的时候，开往重庆的大巴车堵在了高速路上，放行遥遥无期，于是他下车，用1000块钱租了一辆私家车直接把他送到重庆。

司机问："这么急地赶回去，是有什么很重要的事情吗？"

夏先生闭着眼睛，嘴角上扬："是有一个很重要的人在等我。"

司机问："是个姑娘在等你吧？"

他哈哈一笑，"是的。"

司机点燃一根烟："年轻真好啊，我年轻时也这样疯狂过。"

黑暗之中，夏先生看不清他脸上的悲喜，他也点燃一根烟，吞云吐雾。

司机说："那时候我在广东打工，我喜欢的姑娘在新疆上大学，有一天她给我打电话说梦见我去新疆找她了。于是第二天我就请假买了火车票，坐了三天三夜火车去见她，直接出现在她面前。"

他问："后来呢？"

司机说："后来我们就再也没有见过。"

到达重庆的时候已经是晚上十点多钟，小木在他们常去的酒吧等着他。见到夏先生，她没有想象中的抱头痛哭或深情相拥，她出奇的平静。小木的生活里一定是出现了某些变故，但是她只字未提，就像什么事情都没有发生过一样，只是如同平常一般小口地喝着酒。

他向她讲述着旅行路上的际遇，她歪着头微笑地听着，慢慢地喝着酒，他们一直聊到凌晨，夏先生把她送到楼下，小木突然问他："你爱我吗？"

他愣了一下，说："我当然爱你，我爱你那个和我能够产生共鸣的灵魂。"

她说："可是我不敢相信你怎么办？我不相信爱情。"

他说："时间会证明一切。"

时间的确能够证明很多东西，证明真心或假意，证明短暂或长久，证明黑发或白首。

那天晚上回到家，夏先生发了一首小诗给小木，诗是他在那个不知名的小镇上搭车时写的。

我翻山越岭而来

看见群山在假寐

看见磕长头爬满了归去的路

我在风中做了一个年轻的梦

月光落了西山的肩膀

山风钻进卡车的怀里

牧羊犬闯入黑夜的困局

那个梦真长

我正在想念，你还在身旁

直到满天星光，露水清凉

夏先生的才情真好，我在心里默默地给他点了个赞。

我知道故事已经接近了尾声，我问小木：不会发生转折吧？可别让我失望啊，我喜欢看有情人终成眷属。

她在微信那边发来语音：别急呀，先听着。

真正让小木感动的不是夏先生跨越几千里以最快的速度站在她面前，只为陪她喝酒聊天。她一直都是一个理性思维至上的女子，不为情绪所束缚。

夏先生对她说："你还是考虑一下嫁给我算了，我保证，最多三年，我一定能让你过上你想要的生活。以后的事情归我扛，未来由我来想。你看这买卖多划算，你人财两握哦！"

我给她发过去一个哈哈大笑的表情，这夏先生原来是这般"腹黑"的人。

我问小木：最后呢？

最后啊，最后他俩就成天在朋友圈秀恩爱啊。

我长吁一口气，还好是个完美的结局，不管未来会有如何的改变，我知道此刻他们是幸福的、甜蜜的。

我们每个人都很容易找到一个人陪你喝雪花啤酒，却难得遇见一个人愿意和你勇闯天涯。

那一年，我用尽力气跑过去

一　介

2016 年是周娅的本命年，在她 24 年的人生中，贺亮是她生命中最鲜红明亮的那一道虹。

2016 年的春节，周娅穿着一身红，她在朋友圈秀了下一身红的自拍照。不久后就得到了贺亮的点赞，另有一个大红包等她拆。周娅点开红包，面对“开”字，一时有些发愣，思量了几秒后，退了回来，没有收他的红包。

紧跟着红包后面的是那句祝福：“新春快乐、永远 18 岁！”周娅本想回句“你还有空发红包”的，言下之意：“你专心陪你身边的女孩吧！”后一想，作罢了。

周娅的嘴角本能上翘，心里很不是滋味。回想起和贺亮一路走来的点点滴滴，不禁情有所动。二人虽时常见面，可哪天没有贺亮的消息，周娅就会无缘由地惦记他，想给他打个电话，无奈于不知以什么作为借口。有次周娅竟然傻到以担忧贺亮办公桌上的多肉植物干死为由给他打电话，他说没事，不会干死的，而后她说好的，之后就挂断了。

不过 10 秒钟！

要知道，她和他之间最长的通话是三个小时！要是他们整天待在一起，会说上一天的话。天知道那时怎么会有那么多的废话要说，而今竟然觉得说什么都是多余的。

她周娅还爱他贺亮吗？

这个问题时而清晰分明，时而模糊、难以辨认。世界依旧很美，而他好像不再是她唯一的船票了，他还能助她抵达爱情的彼岸吗？

尽管如此，周娅仍旧在除夕之夜，在春节联欢晚会的背景音中，在家人的谈笑中，望着手机出神。记忆之门徐徐开启，她终于愿意回忆了，之前，她把自己累成狗，忙成陀螺团团转，只是为了让自己不去想那些记忆深处的画面。

过年就是回家，就是有充足的时间回忆。家人这次都配合默契，没有一个人提起贺亮，更没有人提及有关爱情的话题。满屋子浓浓的亲情，或许这也是周娅心境放松，愿意回忆的原因之一吧。

故事开始之前，回忆的银屏上大大地打了几个鎏金大字：那一年，我用尽力气跑过去，跑向他。

想到这，周娅的嘴角浮现出一丝不经意的笑容。没想到结局这么苦，可回想起来，却还是深感爱情那么美，美到她可以忽视痛苦的结局，愿意再来一次热烈、激情的热恋。

贺亮是周娅的发小儿，两人可谓青梅竹马、两小无猜，一起读书上学，一起从乖巧到叛逆再到懂事明理，一起看尽人间繁华，细数岁月青丝。总之，就是没分开过，两家人也是极其要好的。双方家长也觉得两人是天作之合，想赶快选个日子，简单办个婚礼，继续往日幸福快乐的小日子，再生一两个胖娃娃，尽享天伦之乐。

然而对于周娅，她对这份感情的付出并没有表面上那么单薄。和他们一起长大的，还有一个女孩，周娅也不明白为什么在两人中间非要夹着一个人，而这个人也曾是周娅最好的“姐姐”。

这个姐姐叫汪明霞，身世挺悲惨的。她父母早早便离婚了，爸爸妈妈都不要她，她只好跟外婆一起住。她外婆的家境也不太好，供她读书读完初中，她就迫不及待地南下打工了。

那以后汪明霞极少回来，周娅更极少见到她。她们在一起八年，周娅亲切地叫她姐姐。每逢过节，周娅都会开开心心地去明霞家，送些父母为她们准备的过节用品。当然，其他邻居也对明霞格外照顾，其中也包括贺亮一家人。

只是在周娅读大一那年，明霞的外婆离世了，明霞的舅舅们回来把她外婆的房子卖了，钱瓜分了，随后扬长而去。外婆出殡那天，周娅和贺亮也在，他们亲眼看见明霞的舅舅们对她的冷眼相待，且冷语相向：“你现在已经大了，这房子本来和你也没什么关系，不要说我们欺负你，以后你自力更生吧，和我们再无瓜葛。”

“舅——”明霞未叫出口，把话又咽了回去。

那以后，明霞就再也没有回来过，或许她再也不愿意回到这个伤心之地吧。她也没再给周娅写过信。明霞走后，周娅就发现贺亮有点不对劲。

从小一起长大，周娅岂能不知贺亮眼里的忧伤和心底的疼痛。他一定是为明霞的命运担忧，同情她的身世。周娅理解贺亮对明霞的这种感情，作为好姐妹，她又何尝不想多做些事，让明霞未来的人生平顺些。

可明霞是个固执的人，不肯接受别人的施舍。何况她和周娅早已断联，帮助从何谈起做起呢?

明霞从出现到消失，并没有太大影响到别人的生活，知道的人都是尽己所能，之后长叹唏嘘，接着便又开始自己的生活。周娅也是心有余而力不足，而贺亮却不这么想。他想要拯救她。

当贺亮向周娅借钱，而且是一笔不小的数目时，周娅好像一下子看穿了他的心。他只好实话实说：“我想去广州看看她，我实在不放心。作为男子汉，我必须这么做！”

周娅看到了他眼里的坚定，可这仍旧是一个不切实际的想法：“你……”贺亮却直接打断了她：“我不能什么都没做，就直接放弃。总要试试的，哪怕只有一次。”

可他试了很多次。周娅把所有零花钱拿出来，还帮他向同学借钱，甚至说谎骗父母的钱。几乎每周他都给明霞写信，只要一有钱就给明霞寄去。每到寒暑假，贺亮就打工赚钱，然后去广州，或者寄钱。其中包括周娅的奖学金和打零工的钱。

周娅心里清楚明白：他在用尽力气跑向她，而自己，也正用尽力气跑在他后面，只是他从不回头看一眼自己。

对于两家人对他们的期望，他只是一笑了之，用一句“谁能知道以后的事呢”来搪塞过去。

贺亮努力的结果仍旧是无结果。因为明霞从未给他寄过回信。贺亮大三那年，明霞彻底从他的世界里消失了。明霞成了一个谜，在贺亮的心里，永远无法解开了。

周娅明白，这是贺亮人生中第一次为一个女孩拼尽全力，却只得了一个伤痕累累的自己和一个无法解开的谜题。

而她能做的，只有默默地陪伴他，在他需要她时，提供一切可能的帮助。

贺亮哪里会知道，她做的这些，看上去平平常常，却用尽了她所有的力气。周娅清楚明白自己的心：谁说热恋非得卿卿我我、你侬我侬，非得花前月下、甜言蜜语才叫浪漫？她周娅把所有对爱情的幻想和期望都寄托在贺亮那里，把她最美好的青春年华奉献给他，哪怕只是以默默陪伴的方式！

只有甜蜜没有过苦痛的恋爱不叫热恋！没有经过生活和时间洗礼的恋爱不叫热恋！周娅热情而深刻地恋着他！而他就是她的爱情，她的全世界。

她甚至习惯了这样“热恋”着他。而他某日忽然有所察觉，淡淡地告诉她：“今天妈妈重新提起我和你，我们之间……你懂的。我会重新思考这个问题。”

之后他变得热情而主动起来，周娅感到欣慰：他终于转身看到她了。

他们一起出门时，他会自然而然地牵起她的手，会带她去他家吃饭，或者不请自来来她家吃饭，两家人其乐融融。他得了什么，都会给她留着，出差也会记得给她以及家人带礼物。他好像已经是她的夫君了，只是差一个婚礼和民政局的手续。

她觉得再幸福不过了。她的心满满的，满到再也装不下其他任何东西。可有一个雨夜，早已熟睡的她被他打来的电话吵醒。他在电话里带着哭腔：“丫丫，我尽力了，可我好像还是没有办法忘掉明霞。她就像一团黑影笼罩着我，当初我无法挑破这黑影，现在也无法从这黑影里走出来。只怪我当初太用力了，还连累你一起受苦，我其实知道，如果没有你帮忙瞒着我父母，结果一定更糟。这些年，谢谢你一直在我身边，如果没有你，我不敢想象自己会变成什么样。”

周娅完全清醒了，她的心很凉，一个男人在你面前表现出忘不了另一个女孩，你能怎么做呢？可周娅转念一想，这么多年，她放弃过吗？她早知道这个真相啊。周娅在电话里安慰贺亮：“傻瓜，恐怕只有给你一杯忘情水，你才能忘记她，可是为什么要忘记呢？既然无法忘记，怀念何尝不好？”

“这对你不公平。”

“贺亮，我爱你。”周娅第一次开口说这三个字。而后她便听到敲门声在夜半响起。那也是第一次，贺亮半夜还在周娅的闺房里。

2016 年是神奇的一年吗？周娅不明白为什么明霞会选择在这个时候突然回来，而明霞也没有找她，这更让她费解。现在所有人都知道明霞单独约了贺亮。

窗外突然响起噼里啪啦的鞭炮声，周娅这才注意到零点的钟声已经敲响。就在这时，她的手机响起，来电显示是贺亮。她走进自己的卧室接起来。

“丫丫，明霞现在过得很好，她找到了属于她的幸福。你知道，当她给我看她那位的照片时，我心底没有泛起任何醋意，而是一种终于放下心头一块大石头那种轻松的感觉。我现在特别想你，特别特别。丫丫，我爱你！”

她早已听得泪流满面。

“丫丫，我在你家楼下。”

他的丫丫飞奔而下，就在她跑出楼道看到他时，他对她大喊：“丫丫，别动！你站在那儿，千万别动。这以后的人生，由我用尽力气，跑向你。”

说完，他飞奔向她，犹如初春的阳光飞奔入人间。

你我简单牵手，胜过一万次的承诺

琼　华

辛迪万万没想到，自己竟会出乎意料地和陆先生谈了这么久的恋爱。

在陆先生之前，辛迪曾有过一段如烟花般绚烂的爱情，男主角与现在的陆先生截然相反，那可是个能说会唱，深谙女孩心思的男人。

男人因多才被封为才子，姓杨，大家都叫他杨才子。辛迪与杨才子相识于学生会，杨才子是会长。中秋晚会的时候，杨才子提议两人合作一曲周天王的《青花瓷》，辛迪弹古筝，他来演唱。两人精湛的表演震惊四座，赢得掌声和欢呼无数。当杨才子唱到那句“天青色等烟雨，而我在等你”的时候，眼睛和手纷纷指向了弹古筝的辛迪，辛迪在一片哄闹声中，羞红了脸。

辛迪的心虽然乱了，但脑海里的一个声音告诉她，那只是杨才子的恶作剧，当不得真。

然而事实是，杨才子在晚会之后单独将辛迪约了出来。当时月光斜照，夜色清幽，杨才子在月下表白，辛迪的心则如小鹿乱撞一般。

辛迪并没有立刻答应杨才子，只说容她考虑一番。杨才子会心一笑，表示无论多久他都愿意等。

杨才子追求女生的方法贴满了浪漫的标签，他在辛迪的宿舍楼下仰着头跟辛迪煲电话粥，每天早上送最漂亮的心形早餐给辛迪吃，知道辛迪喜欢吃樱桃便托他在山东上学的哥们儿寄来两大箱。除此之外，他还包揽了辛迪一整个宿舍的热水，每天两趟，忙得不亦乐乎。

而真正拿下辛迪，源于杨才子每晚10句动听的情话。杨才子每说一句，辛迪就记录一句，等积攒了一千零一句的时候，辛迪终于松了口，与杨才子十指相扣出现在学校的梧桐树下。

杨才子满足了辛迪对爱情的所有幻想。

春风习习，杨才子带着辛迪在苏堤上骑单车，在西湖边肩并肩漫步；炎炎盛夏，两人在海边追逐嬉戏，在船头模仿 JACK 和 ROSE ；金秋十月，两人在古镇的路边，津津有味地吃大闸蟹；寒冬腊月，杨才子又带着辛迪飞到三亚，他要让辛迪知道，跟着他，永远都是阳光灿烂的日子。

热恋的那两年里，两人足迹踏遍祖国的东南西北，每一处都留有见证他们爱情的记号。清晨的第一缕阳光为他们传递最早的问候，幽幽夜色下，他们在月光下接吻。杨才子动人的情话和许她一生一世的承诺时刻萦绕在辛迪的心头，辛迪觉得，这一切都来得近乎完美。

辛迪有一个梦想就是去日本的迪斯尼乐园，偏巧那时两人刚刚参加工作，不仅没有时间，也没有足够的资金支持。杨才子希望她给自己一年的时间，可过了一年，杨才子仍然没有动静。辛迪明白大家都很忙，她也不想做一个任性的女朋友，便再也没有提过。

原本轰轰烈烈的日子渐渐地走向平静，两人在一起的时候，能说的话越来越少。杨才子也不似从前那样挖空心思地讨辛迪欢心，随着这种情况出现的次数越来越多，辛迪免不得胡思乱想。胡思乱想的结果是，辛迪想结婚了。

但这种事情女方总不好先开口，于是辛迪屡次旁敲侧击，希望能尽快得到杨才子的回应。这一次，杨才子的反应让辛迪颇为失望。

杨才子总是说："宝贝，你就是我今生的唯一，这辈子我非你不娶，请你再给我一点点时间，等我的事业步入正轨，我就立刻开着劳斯莱斯来娶你。"

可辛迪并不想要劳斯莱斯，她要的只是一个婚姻，一个可以被法律认可，被所有人祝福的婚姻。也只有这样，她才不会再胡思乱想，她才会认定，杨才子是真的想和她一生一世，白头到老。

遗憾的是，杨才子每次都只是下嘴皮功夫，根本就没有落实的意思。

辛迪想起不知从哪儿看到的一句话：不以结婚为目的的谈恋爱都是耍

流氓。

之后的一段岁月里，辛迪与杨才子吵吵闹闹，分分合合。辛迪在一次次的妥协之后再一次次的失望。当杨才子动听的情话和昔日的承诺在辛迪心中变得一文不值，甚至是有些可笑的时候，辛迪决定彻底地离开他。

如果说杨才子满足了辛迪对爱情的所有幻想，那么也是他，摧毁了承诺二字在辛迪心中的分量。

吃分手饭那天，一桌子的美味佳肴变得寡淡无味。杨才子愤然离席后，辛迪就一直低垂着头，目光茫然地看着某处。也不知过了多久，对面突然站了一个人。

对方彬彬有礼地问她："不好意思，方便拼桌吗？"

辛迪终于魂归体内，将目光投向这个看上去文质彬彬的男人。

男人大方地对她伸出右手："你好，我姓陆。"

陆先生比辛迪年长三岁，是个小有成就的高级工程师，最大的爱好就是跟代码做伴，最大的优点就是善于倾听。

跟杨才子当年用情话掳获辛迪芳心的方式不同，陆先生用的是最朴实的陪伴。

事实上，不苟言笑、过于正经的陆先生与辛迪择偶的标准相差十万八千里，但他就是有一种魔力能让辛迪无法拒绝。

陆先生为她做了很多事情，比如说，他会在下雪天的时候出其不意地为辛迪多拿一件长款羽绒服；会在某个突发的下雨天里，专程给辛迪送伞；会在暑伏天给辛迪送去冰镇的绿豆沙。跟杨才子相比，陆先生做的都是生活中的小事，看起来并不起眼，也没什么值得辛迪动心的，但午夜梦回，最能浮现在辛迪脑海里的，却恰恰就是这些琐碎而又让自己温暖的东西。

当然，陆先生也不是没有用情话感动过辛迪，否则，她也不可能真的和这个闷葫芦谈这么久恋爱。

那是辛迪情伤刚刚愈合的一个周末，陆先生请辛迪去游乐场。辛迪看着旋转木马不免就想起她和杨才子曾有过的那段开心时光。

陆先生是个聪明人，他在察觉出辛迪的异样后，拉着辛迪的手走进摩天轮。当两人转动到最高点可以俯瞰整个城市的美景之际，有恐高症的辛迪却因紧张和害怕闭上了眼睛。

就在这时，陆先生捧着辛迪的脸蛋，在她唇上落下一个热吻。辛迪顿时感觉浑身像是触电了一般，“噌”一下睁开双眼，盯着眼前微笑看她的陆先生。

一抹绯红爬上辛迪的脸颊，跟每一个娇羞的姑娘一样，辛迪红着脸向陆先生抛去拳头。谁料，拳头意外地落入陆先生的掌心，他用力一拽，将辛迪抱入怀中。

“不管你信不信，见你第一面起，我就知道，非你不可。”陆先生的话在辛迪耳边萦绕，“做我女朋友吧。”

他用的不是“我喜欢你”，而是“做我女朋友吧”，简单直白，却直击辛迪心房。

辛迪偏头问他：“如果我不答应呢？”

陆先生笑笑，拉起她的手：“你的人都在我手里，你不敢不答应。”

辛迪就这么被“要挟”着上了陆先生这条“贼船”，但事实证明，这条“贼船”还真上对了。

跟陆先生在一起后，刷新了爱情两个字在辛迪心目中的定义。从前的辛迪固执地认为，爱情就是要有鲜花和情话的陪伴。而事实上，再美的鲜花也有凋零的一天，再动人的情话也只是一瞬间的感动。

现在的辛迪，最喜欢做的就是安安静静地蜷缩在陆先生的身边，靠在他的肩头，看一本书或是一部电影。要么就是趁陆先生在厨房忙碌的时候，偷偷地从身后环住他的腰，把脸紧紧贴在陆先生强壮的后背上，这会让她感受到前所未有的，似乎已经被她丢失了许久的东西：安全感。

辛迪越来越真切地感受到，一段爱情，是否轰轰烈烈，是否浪漫，都远不及一句简单的问候，一杯热腾腾的牛奶，一个坚实安全的依靠。

简单温暖，抵得过一万句我爱你。

正如现在，从办公大楼出来的辛迪，迎着对面等候多时的陆先生奔去。陆先生望着她，敞开大衣将辛迪整个裹在怀里。他心疼地揉搓着辛迪冰凉的双手，递给她一杯暖暖的珍珠奶茶。与此同时，还有两张飞往日本的机票。

辛迪眼睛一亮，忍不住惊呼："去日本？"

陆先生看着她的目光，仿佛四月里温柔的阳光："当然，你不是一直想去日本的迪斯尼吗？"

辛迪眨了眨眼睛："可是，你怎么知道？"

陆先生抿嘴一笑："有心，自然就知道。"

辛迪仰望着他，一脸幸福。

你我都是单翼天使，拥抱才能飞翔

玲珑十三

东方大清早去店里接待一个客户。红枣难得休假，睡到日上三竿起床。

趁着阳光晴好，把棉被拿出去晒，一不小心，被角挂倒了床头柜上的相框。"哐当"一声，相框掉了下来。

红枣拾起照片，那是她和东方几年前的合影。

从前的东方，浓眉大眼，笑容可掬。红枣伸出手轻轻抚摸东方的额头、脸庞、嘴巴、鼻子，最后手指停留在东方的左眼上。

多么炯炯有神的眼睛啊！红枣感叹。

如果没有那场意外，东方依然帅得令人窒息。红枣静静地看着照片，过去的点点滴滴浮现在眼前。

那是一个秋末，东方去蹦极。因为操作失误，出了事故，东方受了重伤，陷入深度昏迷。再醒来的时候，左腿截肢，左眼永远失去光彩。

面对巨大的打击，东方的情绪失控了，变得焦躁易怒。他拒绝医生安排的治疗，一心求死，红枣终日陪在他身边，细心安抚。

东方能够活下来，她已经感恩知足。东方失去左眼他还有右眼可以看路，左腿截肢他还有假肢可以替代。

虽然觉得红枣言之有理，但是东方还是无法面对现实。一个好端端的人，顷刻间变成了残疾人，叫人如何接受?

红枣天天开导，东方的态度有所缓和，他不再抗拒治疗，只是情绪仍有波动。

三个月后，东方出院了，左腿安了假肢，可以正常走路，左眼装了义眼，却再也看不见漂亮女友了。

一个业务经理没有了有力的腿脚与良好的形象，从前的工作是没法做了。可是他得谋生呀，干点什么好呢?

思来想去，拿不出个方案。最后，在红枣的鼓励下，东方想到做代理商。他利用从前的工作关系，搞到一个产品代理，很快开了一家店铺。

闲暇时间，红枣常来店里帮忙。红枣妈妈看不下去了，劝女儿重新考虑她与东方的关系，红枣一笑置之，把妈妈的话全然当作耳旁风。妈妈见红枣当局者迷，便亲自找东方去谈。

“别怪阿姨说话难听，你现在这个样子，配不上我们家红枣。如果她哪天叫人欺负了，你有能力保护她吗?”红枣妈妈的话一针见血。

东方咬着嘴唇不说话，脑袋却无力地垂下来。

是呀，他一个残疾人，跟着他有什么幸福可言，红枣为他已经付出了很多，他不能再拖累红枣了!

接下来的日子，红枣再来店铺，东方会用各种理由赶她走。红枣每次被扫地出门，便装头痛，这招百试不爽，东方次次上当，只能任由她留在店铺。

“东方，不要赶我走！我不管别人说什么！在我心里，你永远是我最伟岸英明的男神！”红枣真诚地说。

东方看着红枣俊俏的脸庞，他的心一阵阵抽痛。

东方夜里暗自垂泪，如果不是那场意外，他和红枣早该谈婚论嫁了。红枣的执着与倔强他是知道的，只要她认准的事，没有人能轻易改变。

是时候放手了！

低价转让了店铺，东方连夜逃到了外省，从此杳无音讯。

东方走后，红枣疯了一般四处打听他的下落。她上班消极怠工，被领导点名批评了好几次。家里安排的相亲，红枣一概不看，妈妈虽生气，可是拿她没办法。

岁月蹉跎，红枣慢慢成了大龄剩女。

东方离开的这三年，那张合影成了红枣唯一的精神寄托。每到夜深人静时，红枣便会对着照片流淌一枕相思的情泪。

东方，你在哪里？回来吧，东方！回到我身边！

红枣知道东方故意躲着自己，他们相恋了五年，东方的性格，她比谁都了解。东方不可能对她如此绝情，他肯定在偷偷关注着自己，红枣有这样的直觉。

事实证明女人的直觉非常准。

那晚，红枣妈妈胃不舒服，早早睡下了。红枣下班回家，打开煤气烧水，她歪在沙发上看电视，不料，睡着了。

沸水扑灭了火苗，煤气泄漏了……

正巧东方回本市办事，专程买了礼物，让邻居大妈送给红枣。他站在楼下抽支烟，打算马上就走。

邻居去敲门，没人应，透过门缝，嗅到很重的煤气味，高呼出事了。东方听到呼喊，立刻冲到楼上。抱红枣出来的时候，东方瞥见床头柜上立着他们的合影。

经过一个晚上的奋力抢救，母女二人脱险了。

红枣醒过来后，第一眼看到了东方。她以为自己出现了幻觉，眼睛不敢眨一下，生怕一闭眼东方就不见了。

“红枣，我是东方。你还好吗？”东方握住红枣的手，深情地呼唤。

“东方，真的是你！”红枣哭着扑倒在他怀里，哽咽道，“你让我找得好苦呀！”

“对不起，红枣，都是我不好。”东方难过地说。

红枣醒过来了，东方决定不再逃避了。他要给红枣幸福，他要把这几年亏欠红枣的爱全都补偿给红枣。当他看到红枣出事的时候，当他心急地往医院赶的时候，他就已经做了这样的决定。

东方远走他乡的那段时光过得并不如意，人地生疏，他的生意举步维艰。加上对红枣的思念，他每天活得浑浑噩噩。他经常联系本市的朋友，打听红枣的近况，知道她过得不太好，他心如刀绞。红枣一直站在原地等他，可是东方不能把这样一个残缺的自己送到她面前。

他只能让爱在梦里燃烧。

看到一对有情人相拥哭泣，红枣妈妈悔不当初。如此相依相偎的两个人，为什么要生生拆散他们呢?

“还要逃走吗？”红枣凝视着东方的眼睛，他的左眼失明了，右眼依然迷人。

“不逃了，我要永远守护你！”东方信誓旦旦。

没有拍婚纱照，两个人举行了简单的婚礼。

新婚之夜，红枣帮东方拿掉假肢，打水帮东方擦洗身体，她极其温柔地揉搓东方的半截左腿，脸上带着怜爱。

“准备好了吗？以后你的人生，每天都要面对这样一个残缺的我。”自卑的潮水又一次淹没了东方的自信，他不确定这样一个自己，会让红枣爱多久。

“我早就做好了准备，是你一直在逃避呀！”红枣上前搂住了东方的脖子，亲昵地说。

幸福的光晕泛在两个人的脸上。两个人静静地对视着，静静享受用心编织的情网捕获到爱情的美妙感觉。

“如果煤气中毒，我一直醒不过来，你怎么办？”红枣问东方。

“你怎么办的我就怎么办。我重度昏迷时，你有没有问问你自己，你怎么办？”东方说。

“我问过我自己，我要一直守着你。”红枣答。

“我的答案同你一样，我也要一直守着你。”东方说。

他们的十指紧紧交扣在一起。

新的生活开始了。红枣的身边，东方永远驻守，美好的爱情如夜空中的繁星永远熠熠闪光。

婚后，东方把店铺搬回本城，老店重开，主顾一天天变多，生意一天天红火。四年以后，东方的连锁店遍布邻城。由于他用人不疑，生意基本交给各个分店的主管打理，自己索性做起甩手掌柜，逍遥自得。

红枣因为有爱情滋润，生活温馨了，工作也顺遂了。一连接手几个大订单，业绩一下子突飞猛进，她取得的成绩，同事和领导有目共睹，不久便被晋升为部门经理。

东方和红枣正是鸟儿的一对翅膀，缺了其中任何一边，鸟儿都不能飞翔，唯有两人紧紧拥抱才能飞得更高、更远。

崎岖已过，繁花静开。

精致无价，真爱无敌

冬　季

夏日的阳光透过树叶的缝隙，照在我们这些少年青涩的脸庞上，微风在午后的时光里吹拂而过。

记得上大学的时候，每当下午放学，夕阳的余晖总是洒在东边的山头上。

夏天的微风轻抚，舒适而美好。在这样的时光里，我们三人常在一起背书写字，一起看篮球比赛，一起打乒乓球，一起嬉闹。

那年我正好上大二，青梅竹马的欧雨这时也从县城的美术职业学校考到市里的大学。也是在这个时候，我认识了吴狄。那是一位个子高大，国字脸，大眼睛，皮肤黝黑的男孩。

我第一次见吴狄是在星期天的下午，那天刚从家里回到宿舍就跑去串门。因为欧雨住的是独立宿舍，所以我去从来不敲门。然而，我一进去就跟吴狄迎面相撞，说实话那天真把我给撞疼了，蹲在地上缓了半天才缓过劲来。

欧雨毫无形象地坐在那里，双手抱着肚子笑得眼泪都出来了。而吴狄立在一旁手足无措，却又不肯伸手拉我一把。

欧雨第一年高考没考上就到县城的职业学校学习美术，虽然烧钱就跟烧水的速率一样，但她还是不想放弃自小的梦想。而吴狄就在这个时间出现在欧雨的面前，在对的时间里。

吴狄要比欧雨大两岁。他们认识的时候吴狄早就不上学了，而是在我们大学旁边一家甜品店做糕点师。按照吴狄对生活的设想，就这样打一辈子工就行了。但是，生活从来不会按照我们预想的来展开。

欧雨过 20 岁生日那天，和同学一起去这家糕点店买甜品。本来是想买蛋糕的，却鬼使神差地带走了几块巧克力。起初欧雨不知道这黑色块状的是什么甜品，入口甜而不腻。欧雨喜欢上了这份特别。

于是，欧雨常去光顾这家甜品店。有一次恰巧碰到了吴狄，后来才知道吴狄是这家店的甜品师。

“这，给我四块。”

指着巧克力，欧雨一脸安静。她不多言，却从没想过会有人热心地给她介绍这款甜品的意义，就正如她从来不会注意到这个露着大白牙的男孩，内心的那份期待。

“巧克力，四块！”吴狄微笑吩咐着身边的服务生。为了见到她，每天他都会来前台帮忙。说着，他将服务生打包好的巧克力递给了欧雨：“谢谢您的光临！”

“好！”欧雨有些呆愣，转身离开，拿一块放在嘴里，转身吴狄还在那里龇着牙笑着。轻柔的声音，欧雨说那是她这辈子听过的最温柔的声音，包括他那一排整齐的大白牙都被她记在了心里。

“口味极佳，如果能亲手做给家人吃，该多好，只是……”吃着美食，欧雨嘀咕着。她承认，她一直都不是一个心灵手巧的女生。

“这是一款牛奶味的巧克力，做工简单，操作简单。”

“如果你愿意，我可以免费做你的甜品老师。”

突然身边冒出一排洁白的牙齿，让欧雨吓了一跳。奇怪，这人何时出现她身边的，不是在柜台那吗？可吴狄并不介意她的冷漠。

看着欧雨傻乎乎的表情，吴狄笑了。

“巧克力，就是爱情的寓意。送给家人，再好不过了。”

“谢谢你！”

“它有香醇的味道和丝般顺滑的口感，若能和家人一起分享，我觉得这是最幸福的事情了。”

爱情来了，在这样温暖的夏日黄昏里。欧雨感觉自己的心跳仿佛漏掉了一拍。

后来，欧雨常去照顾这家店的生意，其实好多时候还是为了见吴狄。吴狄也是如此，他很喜欢这个笑起来甜甜的女孩子，每天都期盼着她的到来。即便他很多时候都忙得没有时间跟她说上一句话，但只要能看上她一眼，都觉得是莫大的满足。

她从没想过，一个喜好竟然能给她带来一份奇遇。渐渐地，欧雨的话越来越少，总是安静地看书，安静地做事，甚至有时候我正跟她说着事情，她都会莫名其妙地傻笑出声。

后来，吴狄选择了一个月明星高的夜晚约了欧雨。在晚风轻柔的吹拂下，他将火红的玫瑰和一大盒的巧克力交到欧雨的手中，对她说：“做我女朋友吧。”

看着眼前清俊的男孩，欧雨心醉了。她接过吴狄递过来的东西，羞涩地点头。

他时常来看欧雨，我很少碰到，只是那天不巧，吴狄正准备离开而我突兀地跑进来就被撞了个人仰马翻。

我原本以为吴狄一直在那家甜品店打工，令我没有想到的是，吴狄竟然也去欧雨学习过的那家职业学校上学。他文化课不好就靠体育拉分，这样可以在高考的时候加分。体育锻炼是件很辛苦的事，但吴狄依旧每天坚持。时间长了，太阳把他的皮肤晒得黝黑。

欧雨说她不懂爱情，但是她懂恋爱的感觉。吴狄上学是他自愿的，这事他想了很久。他说过：“爱你就要让你知道，而且要深深地爱你。”

欧雨说：“我也没有想到他会固执地为了和我在一起而去上学，起初我不太确定他的诚意，但是心里却有些小期待，你也知道小女人的心思。”

我打趣地说：“喂喂，可别说我也懂小女人的心思哈，我可不懂。”

“其实，我也没怎么反对。”

“你不介意年龄这个问题，他都22岁了，再去读三年职高，要上大学起码也得25岁。”

欧雨轻轻摇头，露出甜蜜的笑。我会意，但依旧不怎么看好这段感情。

吴狄终于考上了。当看到学校公布的成绩单时，他立马就给欧雨打电话：“雨，我考上了。”

后来吴狄和我住进同一个院子里，就在我住的屋子旁边。我们也慢慢地熟悉起来，成为朋友。但是他的手艺从来没有荒废，因为他知道那是欧雨的最爱，为此我也是很乐意的。毕竟，有免费而精美的食物分享，也是件很开心的事情。

吴狄上大一的时候我已经考研了，欧雨在大四。一对恋人中间总亮着一个电灯泡，我们时常在一起吃饭，偶尔在空闲的时间里嬉笑打闹，偶尔在黄昏的时候一起跑步。

有一次在一起聚会喝酒，吴狄这家伙喝得烂醉如泥。我说："你倒是牛，把我从小一起玩到大的女孩追走了。"

吴狄听了，支支吾吾地说："奇遇，她喜欢吃，我喜欢做，就在一起了。"

我听了不以为意。毕竟当初有一位家境不错的男孩子对欧雨百般追求都失败了，何况是这么一盒小小的巧克力。

可吴狄似乎完全没察觉到我的心思，依旧是在每日辛苦的训练完后，跑到他以前打工的店里去做甜品。

日子就这样一天天过着，平淡却也甜蜜。吴狄和欧雨常常一起去店里做甜品，没事的时候就牵着手在校园里晃荡。

但是，年轻的爱情总是缺少包容。

记得有一次，不知道为什么，欧雨生气了。吴狄几次找她，欧雨死活不见。实在没办法，吴狄就跑来找我。我正好在写作业，却被吴狄死缠烂打拉去帮忙。我问怎么啦，吴狄只说帮他个忙，其余的什么都没有说。

他让我把一盒包装精致的巧克力交给她，上面还留了纸条，字迹倒是好看，留言也很真诚：你喜欢吃，我喜欢做，我们只有在一起才能成就这份美好。

也许就是因为这么简短而又真诚的话语打动了欧雨。欧雨告诉我其实是她吃醋了，因为欧雨常常看见吴狄身边围着几个女生，而且他们谈笑甚欢。她吃醋了，所以不高兴。

那时候，我刚上研一，经常见到他们腻在学校的每个角落里。

吴狄跟我说："热恋中的爱情就像甜品，香醇可口，在浪漫的时光机里，听着音乐，融化在彼此的口腔里，腻在一起甜甜蜜蜜的。"

欧雨大学毕业后，决定考研，留下来陪吴狄读书。我问为什么。

她说："我就是想天天跟他在一起。"

后来他们开了家甜品店。店里永远为那些青年男女准备着一句温情的广告词：精致无价，真爱无敌。

第五章

向左走向右走，你我成了陌路人

就这样，我们走岔了方向，一个往左一个往右，后来终成陌路。我终于明白，我们都没有错，不是我们爱得不深，只是因为我们爱得太认真。

——月魄

缘分是本书，翻得不经意会错过

月　魄

梓涵从来没想过，悠悠的新郎竟然不是他。

今天来到婚礼现场，看着悠悠挽着祈雨的手臂幸福地微笑，接受着所有宾客的祝福，梓涵才知道自己终于还是失去了她。

梓涵献上了自己的一份心意后，匆匆逃离婚宴现场。

站在马路中央，感觉正午的太阳都有些昏暗，不似往常那般。

身旁突然跑过一个穿红色太阳裙的女孩，不由得让梓涵仿佛觉得那是悠悠。

再看看身后刚逃离的酒店，才发现自己恍惚中把红衣女孩错认成了大学时代的悠悠。

第一次见悠悠是才上大学那会儿。梓涵虽非生在豪门，但是从小备受父母疼爱。父母对他是开放式教育。他很小就独自外出旅行，全国的城市几乎跑遍了。因此他上大学也不用父母送，自个儿就来上大学了。

安顿好一切他就想溜出去了解了解这座城市，刚到校门口，就看见一朵红云飘进校园。那红色很艳丽，在这盛夏感觉就似一团火。

梓涵不由发出“哇”。这团红云是谁哦？她想把校园点燃吗？他很好奇地走近一看，是一个清秀文静的女孩，白皙的皮肤细腻光滑，长长的头发垂在腰际，眉如远山含黛，目似秋水含波，好一个古典美女。那团红云不再炙热，瞬间变得柔和而飘逸。

梓涵长了一张人见人爱的脸，虽算不上超级大男神，但也很顺眼，并且那双貌似深沉的眼睛，会让人莫名信任他。

红云身旁站了一个很有气质的中年男子，想是红云的父亲。他们也发觉梓涵在打量他们。男子微微一笑，问道:“请问这位同学，你可知道新生报名处在哪？”

梓涵很热情地告诉中年男子，他可以带他们去报名，并且他是新生，知道所有手续办理的程序和办理的地方。

那天，梓涵很热情地帮助了“红云”父女。未曾想“红云”居然和梓涵一个系，还一个班。这是怎样的一个缘分，能和古籍中走来的女子做同学，并且自己还是她进校园认识的第一个男性，梓涵内心无比雀跃。

办理完手续,“红云”的父亲邀请梓涵一块吃饭。那时，梓涵才知道“红云”叫悠悠，和自己是老乡，只是他们住在临市。后来，悠悠的爸爸还托付梓涵照顾悠悠。说他女儿性格内向，胆子又小，话语不多，希望以后悠悠遇见困难时，梓涵能够帮忙。梓涵心里一百个乐意，不断说：“叔叔这是我应该做的。我们不仅是同学，还是老乡呢。”梓涵心里乐开了花。悠悠却一直微笑，默默吃饭，如大家闺秀般。

后来梓涵当然顺理成章地成了悠悠的护花使者。悠悠也乐意追随着梓涵的脚步。

梓涵性格爽朗幽默还特别喜欢乐于助人，一天总是带着灿烂的笑容，这些都是悠悠喜欢的。

梓涵的生活中似乎看不见忧伤。他总是让人觉得他就像一团火一束光，能照亮且温暖别人。所以他总是骄傲地在悠悠面前说：“妹妹，你看哥哥是不是人见人爱，花见花开！”

悠悠总是看着他抿嘴一笑，点点头。

梓涵总是刮她一下鼻子然后说：“哥哥就是喜欢你这个乖妹妹。”

那时候，悠悠觉得梓涵是喜欢自己的。知道自己喜欢吃甜点，外出总会记得给自己带回来。知道自己怕水，上游泳课时总会护在身边。知道自己体质弱，冬天总会陪着自己晨跑。生日时总不会忘记买大蛋糕。

悠悠觉得很幸福，有这么一个可心的哥哥。可是悠悠不想梓涵只是哥哥，她想要更多。她知道梓涵对她很好，可是她发现梓涵对很多人都很好，似乎很多人都觉得他是一个暖水瓶，都喜欢和他接触。他照顾自己虽然多一些，是不是因为两人是老乡，父亲又拜托他照顾自己的原因？

悠悠心里很是纠结，可是她一个女孩子怎么能主动去表白呢？何况又是那么胆怯的一个女孩。

悠悠不想这样不明不白下去，她想知道答案，即使是自己不愿意知道的，也好过在这里瞎猜。于是，她约梓涵去看电影《匆匆那年》。

看完回校的路上，悠悠感慨万分。她说自己就像方茴，而她不想自己所喜欢的人像陈寻。她说自己的世界很狭小，狭小到只有一方小小的天地，而这狭小的地方只为喜欢的人而温暖。自己的心也是小小的，只容得下一个人，她不想自己的心里太拥挤，她怕吵闹。

悠悠说这话时，动情地看着梓涵。正在这时，天空飘下一阵雨，路上的行人行色匆匆。梓涵脱下自己的外套顶在悠悠的头顶，牵着悠悠的手往学校跑去。还不住叮嘱悠悠：拉好衣服别让雨淋到，身体弱要知道照顾自己。而他却冒雨为悠悠撑起头上的衣服，护着悠悠跑回学校。

那天，若没有那场雨，梓涵是想对悠悠说：他很希望悠悠的天空辽阔一些，天地大一些，外面的世界其实也很美，有很多快乐的事情都该去体验。而他会带着悠悠去感受、体验这生活的美好。但是因为突然而至的雨，梓涵没有说出口，他只是用行动告诉悠悠，他能为她撑起头顶那片天空。

可衣服下面的悠悠却泪流满面，她觉得自己如此动情的告白，梓涵却无动于衷。他在回避自己，看来他对自己的感情和其他人没什么不同，并无特殊。他只是一个心地善良的人。但是想着他对自己的叮嘱，对自己的照顾，悠悠又心存希望。或许因为那场雨，他有话没有说出口？可是悠悠希望的是，梓涵能当即回应她的告白，和她在雨中相拥。若让悠悠在生命与爱情之间选择，她会毫不犹豫选择爱情。

梓涵回到寝室很是懊恼，自己应该在雨中把想说的话说出来。可是悠悠的身体不好，被雨淋坏了，她又要受苦了。表白什么时候都不晚，可是没有了身体，怎来享受爱情呢。如果拿悠悠的健康和爱情让他选择，他会选择悠悠的健康。

那天以后，悠悠似乎有些回避梓涵。她去图书馆不再叫梓涵，去吃饭也不再与梓涵一道。虽然看着梓涵还是亲切叫涵哥，但是梓涵感觉到悠悠在远离自己。难道昨天我会错意，悠悠是在给我告别？她心里难道有其他人了？

梓涵心里的失落无法对人言说，因为在众人的眼里没有人比梓涵更了解悠悠的。若自己说出疑虑，定会被人耻笑。

他用乐呵呵的笑容掩饰着自己的忧伤，他还是尽力去照顾悠悠。

悠悠再也不敢对梓涵表白，梓涵也永远是那个大家的暖水瓶。

就这样，两人在若即若离的状态下走完了大学四年。

在毕业前夕，悠悠和梓涵一起吃了一顿饭。

梓涵问悠悠有什么打算。悠悠告诉梓涵，她不想回家乡，她想去西部寻一个小镇，然后在那里当一个老师，和一群娃娃做伴。她的世界永远不喜欢喧嚣，只喜欢简单干净。

梓涵说，这样的生活很适合悠悠。孩子是天使，悠悠是古籍里走来的仙女，天使和仙女就是应该一起，那样才能更加地显现出美的极致。

悠悠问梓涵想做什么。梓涵说，他想出去闯荡，他不想窝在家乡那方狭小的天空，他要去创造自己的世界和财富，报答自己的父母，还有给自己所爱的人一个好的生活。小时候父母为他倾尽所有，他定会给父母一个富足的晚年安享到老。他也会带着成就，迎娶他最爱的姑娘。

悠悠幽幽地说，这很符合梓涵的个性，她相信梓涵会成功的。

那天，悠悠是多么希望梓涵挽留她，牵着她的手一起去闯荡。哪怕说一句挽留她的话，她也会永远等候梓涵。悠悠不在乎好的物质生活，她只要平凡的爱情。

那天，梓涵其实是想告诉悠悠，你去做你喜欢的事，过你喜欢的生活，这是我最想看到的。待我事业有成时，你就是我的归宿。

可是那天，到吃饭结束他们都没有说出自己真正的心里话。两人都固执地认为，对方一定能够懂得自己的心意。

悠悠走了。去了西部小镇。那个在学校暗恋她的祈雨也跟随她来到西部小镇，和她在同一所学校教书。

后来在一场大地震时祈雨还救了悠悠的命。

梓涵也走了，到了沿海的一个城市，凭借自己的能力果真打出了一片天地。待他事业成功，怀着喜悦的心情来见悠悠时，居然参加的是悠悠的婚宴。

缘分真是一本书，翻得不经意真的会错过。

梓涵再次回首悠悠婚宴的酒店，含泪微笑。

心里默默祝愿：悠悠你要幸福！

许多年以前，多么痛的领悟

一　介

谁能想到爱情竟是一次短途旅行，哪一个爱情故事的主人公在开始时，不想着天长地久、执子之手、白头偕老的？

许欢甚至觉得但凡最后没有在一起的恋爱都是在耍流氓。都说相亲没有爱情，可爱情不来找她许欢，只好委曲求全一下，去寻找爱情了。说得这么委屈，其实做得更委屈，没办法，已是 25 岁的许欢怎能逃此厄运。

既然是耍流氓，也不必太认真，许欢是抱着做作业的心态相亲的，应付一下家长即可。大不了就当作换个地方玩消消乐嘛。

许欢对手机游戏不感冒，消消乐是无聊至极时消磨时间的。这是她密友优优教她的相亲真经：要流露出非常上瘾的模样，还要突然大笑，假装沉迷游戏，不能自拔。天下虽大，男人也多，但，要找一个能容忍女孩玩消消乐都能玩上瘾的男人——绝无仅有。

优优已经用这招吓退无数可怜男了。

相亲地点是对方选的，她那母亲大人一连唠叨半天，她是一句也没听进去，只记住了地点、时间。这是职业病，没办法。许欢虽有守时之美誉，但在终身大事和一时名声之间，她毅然决然地选择了终身大事，迟到了 18 分钟。当她到时，来到指定的位置坐下时，对方都还没有注意到她。

因为那胖家伙一直在低头玩消消乐。他顿时就把许欢给逗乐了——优优不是说相亲真经只传女不传男，还不外传，怎么连这个胖家伙都在使用?

“嗯嗯——”许欢假装咳嗽了两声。

可当那胖家伙抬头的一刹那，许欢刚喝进嘴巴的咖啡就被喷了出来！也不能怪许欢如此大惊小怪，没有淑女形象了，谁能想到相亲居然相到从前的恋人?

这也太狗血了！许欢每每遇到怪异之事，就会如此感慨，这次也忍不住再喃喃自语了一次。

胖家伙也差点跌破眼镜，失声惊叫起来。他当即平复一下心情，男人嘛，总要比女人要沉稳一点。没错，所以他的体重越来越重，自然就更沉稳了。

胖家伙假装沉稳地说：“欢欢，这就是生活嘛。”

“呸——”许欢按照国际惯例呸了他一句。

她许欢在胖子面前完全没了淑女风采，这完全要怪罪于面前的胖子。往事不可回首，一回首，满地玻璃碴，不知道哪一块碎片就会让人流血、生疼。

许欢显得比以前更不淑女了，她分明是在掩饰什么。“胖子，你可真是越来越沉重了！”故意把“沉重”说得很重。

“彼此彼此。”胖子居然回敬了她一句，他是不是不想混了！但许欢忽然想到他确实早已不在她的世界里混了，只好把惯用的语言咽了回去，使用起了外交辞令：“那既然如此，我们也不必浪费时间了，就此别过吧。”

“百分百同意！”

许欢气得站了起来，抱拳道：“再见，再也不见。”

“但愿别再见了。”这句讨厌的话像毒蛇一样尾随进了她的心，本来她想放他一马，大家同在相亲江湖飘，得饶人处且饶人嘛。可许欢将平日里的修炼抛到脑后，回转身，以迅雷不及掩耳的速度泼了胖子一身的咖啡。

在他的大惊失色加目瞪口呆中，许欢扬长而去。

出了咖啡馆，许欢立即给优优打电话诉苦。优优则发表了另一番看法：“相亲都遇见旧情人，这是多大的缘分啊，敢情是要白头偕老的节奏啊！”

许欢恨不得一巴掌拍飞优优。优优早想她所想：“你别以为我不知道，你真把自己当铁扇公主啦，动不动就拍飞谁！你和那牛魔王相亲相爱还来不及呢，还舍得拍飞他吗？当初日思夜想，现在上帝把他送到你面前，你又亲手给毁了。我不知道你除了会毁灭爱情，你还会干什么！”

许欢没有听她后面的唠叨，直接挂了电话，沿着街道毫无目的地行走。别看许欢叫欢欢，其实都是强颜欢笑，她的内心一点也不欢。

她不欢的原因都是因为胖子，她喜欢叫他胖子，因为那画面很喜感。胖子真名特文艺，叫马文轩，只是真名渐渐被遗忘了，唯有胖猪头臭名远扬。在她许欢的字典里，贬义就是褒义，褒义就是贬义，没人明白这鬼丫头为什么要把世界倒过来欣赏。

“这家店的鸳鸯火锅很好吃。”许欢经过一家火锅店时喃喃自语。她和胖子曾经经常来吃。

“这家店里有一条蓝色连衣裙，我超级喜欢的，可是很贵。后来成了我 20 岁的生日礼物。”经过一家专卖店时，许欢念念叨叨。

“这家书店非常温馨，店老板是个老男人，有点闷骚呢。但人很好，读的书，本本都是好书。他现在还好吗？”自从和胖子分手后，她再没来过这家书店，许欢经过书店时，胡思乱想着走了进来。

她和胖子就是在这家书店偶遇的。好神奇的是，她来书店不是买书的，而是看上了书店里的一只布娃娃。那娃娃特别特别像小时候她爸爸送给她的那只，她很想买下来。她一直在恳请店老板，遗憾的是，这只布娃娃对店老板也有特殊的意义。

她向店老板请求时，胖子就在一旁看《小王子》，全程听到了她和店老板的谈话。

许欢一次失败怎么会甘心呢，第二次她走进书店和老板请求，第三次，第四次……那店老板也很固执。有次许欢甚至说：“不然我以身相许，你就把娃娃卖给我吧。”

那店老板瞪着许欢好久才说：“姑娘，你不是我的菜。”

但许欢仍旧不死心。当她第八次去时，还未开口，老板主动把那娃娃送给了她。后来，后来的后来，她才知道那是胖子的功劳。

许欢曾无数次问过胖子他是怎么说服店老板的，胖子却一直保持着神秘感。想到这，许欢忽而觉得胖子又恢复到可爱萌萌的形象了。她又想起之后，他们的种种幸福而美好的恋爱时光。

那真是神仙眷侣过的日子啊。

可惜美好的日子总是短暂易逝。今天她在书店里仍旧无心看书，照例欣赏起书店里其他作装饰用的七七八八奇奇怪怪的小玩意。后来许欢多少也了解了书店老板的一些事，这些都是胖子告诉她的。店老板喜欢旅行，每到一个地方，都会买些小玩意带回来。算作一种纪念吧。

店老板还是慵懒的状态，看到许欢仍旧视而不见。许欢却凑到他面前："老板，我能问你一个问题吗？"

"问。"

"那个胖子——哦，我是说马文轩，他当年是怎么说服你把那只你之前死活也不肯卖给我的娃娃卖给他的呀？"

"就这个啊？"

"这对我很重要。"

"原因很简单，但我怕你 Hold（握住、支撑）不住啊。"

"求你了。"

"因为他才是这家书店的老板，我是他爸爸。"

"啊？"许欢真心 Hold 不住。

"那只娃娃对他很重要，是他小时候他妈妈亲手为他做的。你也知道的，他妈妈在他 10 岁那年因病去世了。"

许欢口无遮拦地提出了心中的疑惑："我一直以为这个娃娃是你女朋友送你的。为什么文轩一个大男孩，阿姨要送娃娃给他呢？"

许欢在文轩爸爸面前再也不敢叫胖子了。她其实只对胖子任性、率真。因为她知道，只有胖子，也唯有胖子一直在包容她的任性。如果每个人都有那一丝不愿随着成长而被剥离的小任性，那么她的小任性只愿呈现给他——胖子！

"这个娃娃的身体里有大秘密，不知你发现了没有？连文轩也不知道的。他妈妈是希望他将来找到与他共度一生的女孩子，然后把这个娃娃交给她。你是那个与他共度一生的女孩吗？"

"我……我……"

许欢无法回答。

"如果不是，请把娃娃还给文轩吧。错了没关系，你们都还年轻，可以重新来过。人世间的感情啊，常常就是这样……"

他没说完，捧了本书认真地看起来。许欢继续在街道上游荡、乱想。

现在每一件往事浮现时，都带着往事的余热，一遍遍暖着许欢的心。越是久远的以前，越是散发暖暖的光和热，而今放在心里细细呷着，竟有种说不出的疼痛。

难道我许欢的爱情只剩下回忆了吗？不——许欢拔腿就跑，到家后直奔最顶层的储藏室，那个娃娃在她和胖子分手后的第三天被暗藏在了暗无天日的阁楼里。

那以后她一直在回忆和忘却之间挣扎，分手后三年，相亲居然还能偶遇？上帝，请问你是几个意思？

手忙脚乱中，许欢拆开娃娃的身体，并无想象中的家传宝贝，而仅仅是一块小布条，上面用针绣了些字：

姑娘，我知道你爱他，请你在心痛时，从头想念。对，就是你和文轩第一次相遇时。

许欢终于明白了：许多年前，我爱他，分手后的三年里，我依然爱他。就是现在，我更加爱他。这个领悟的过程，好痛，好苦，可是也好幸福。

这时一句话出现在许欢的脑海："痛苦即幸福。痛苦和幸福本就是一回事。"

天长地久这回事，不应该只是想想，而更要去努力践行。想着，她跑下楼，告诉母亲大人："我对这次的相亲男特别满意。"

永不相遇，心随伊人去

一　诺

听着那首《爱到陌生》，眼泪竟不争气地流下来。从来不会流泪的我，品尝到了伤痛蚀骨的滋味。

明明最相爱的两个人

如今却变成陌生人

你冷酷的眼神残忍地转身

是的，你冷酷地转身，让我独立寒风，一个人默默品尝被拒绝的滋味，咀嚼着心一点点冷下去的寒凉。

第一次和你的相遇，是在大学食堂。你那么冒失地跑进来，把我的托盘撞飞，甩在旁边男生的身上。当那位男生怒骂我时，我甚至都无力辩解。我拿出纸巾，为他擦身上的油渍，却被他狠狠扇了一记耳光。

自小，没挨过爸妈打的我，却在大庭广众之下被一名个头不及我的人揍了。我抹了一把浓浓的鼻血，刚要上前和那同学理论，你跑过去，弯腰道歉。我看到你及腰的长发，那么顺滑地垂着，纤细的腰身，玲珑婉约。

看着你清澈的明眸，心头的怒火竟然瞬间熄灭。

我们就这样神奇地相识了，相识在大三最美的时光。

自此，我总是喜欢有事没事到你的文史楼找你。有时候在门外，透过玻璃看你静静读书的样子。你凝神的脸，闪动的睫毛，轻扬的嘴角，都让我深深迷恋。静静读书的你，如同从唐风宋雨里走来的仙子，玲珑，雅致，一点都没了那天奔跑的冒失样。

每天最开心的时光，就是能陪你去图书馆；能给你提前在食堂打好饭；能在黄昏时陪在你身边，这些让我感到极大的幸福和满足。

你娴静文雅的侧影，隐在黄昏金色的光晕里，宛若惊鸿。喜欢看你浅浅笑着，给我背那些宋词，你说，理科男也要更好地重视文学修养。为了能走进你浪漫的世界，我买了好多古典书籍，硬着头皮去啃，渐渐地，被古文吸引。当我在你吟诵诗文时，为偶尔能和你对答上，欣喜不已。

你说，我是最好的陪读伙伴。可是，我想说，我喜欢你，想和你做朋友，做不一般的朋友。

每次，我的话还没出口，你就如同先知般，巧妙地转移了话题。此时，我埋怨自己是多么笨嘴拙舌。

你的生日，是从你室友那里打听到的。我悄悄订制了一大束玫瑰，我想在特别的日子里，向你表白。

在你室友们的鼓励声里，你答应了我的请求。那一刻，心快乐得要飞出胸膛，牵着你纤纤玉手，望着你晶亮的明眸，我暗暗发誓：一生只为守护你。

为了能强大到给你最好的未来，我开始努力攻读。你说你会考研的，而本来想着毕业后就工作的我，为了赶上你的高度，也决定考研了。

图书馆里一起学习的日子，真的好快乐。当学习累了时，我总是喜欢悄悄盯着你看。阳光穿过宽大的玻璃窗，照在书桌上，照在你白皙的脸上，心底轻轻念着你：诗雨……

我认为我宽阔的肩，足够让你依靠；我有能力，给你温暖的未来。为此，我加倍努力，因为，给你幸福的生活，是要靠实力的。

你总是说，你自己会努力，不会依靠任何人去获得幸福。在你的信念里，你说只有靠自己实力得来的幸福，才真正是幸福，依赖任何人，到最后悲惨的只能是自己。

我很难想象，看似柔弱的你，怎么可以有那么冷静的思考。

经过了灰暗的备考日子，我们终于等来了渴盼已久的通知。只不过，你去了北方，而我，依然留在了这座城市。

读研一，你的家庭遭遇了变故。为了给家人治病，家里欠了很多外债，眼看你的研究生要读不下去了。听说了这一切后，诗雨，我好心疼。我不会让你放弃学业，不会让你放弃梦想。

我来到你的城市，很快应聘到一家外企单位。真的很开心，我不但可以供你继续读书，还能天天见到你。

我在你的学院附近租了房子，我不想让你挤公交车辛苦。诗雨，我真的觉得怎么疼你都不够。同事们都笑我太痴，可是，为了你，我愿意付出更多。

不论工作多忙，我都会下班后赶到我们的租房，一阵锅碗瓢盆交响曲，做出你最爱的饭菜，等你归来。诗雨，你说让我等你回来做饭，可是，我怎么舍得让自己心爱姑娘下厨呢？那些油烟味，熏坏了你的秀发；那些不小心迸溅出的油星，烫坏了你怎么办？所以，即便你早回来，我也总是把你按在沙发上，让你乖乖看书等我。

看着你吃得那么香甜，我心里乐开花。能为心爱的你做饭，我觉得好幸福。

你喜欢吃麻辣虾球，为了学会做这道菜，我特意报了厨师班。我额外支付了师傅培训费，让大厨教我做这道菜。那天，你问我的手怎么了，怕你担心，没有跟你实说，其实，那是我练习炒虾球时被油烫伤的。

麻辣龙虾的味道，要比麻辣虾球差点。而且麻辣虾球吃起来更方便，那层壳，很容易就会剥离。为了做好麻辣虾球，我买了好多虾在家练习，而那些炒得不成功的，我都在你回来之前自己悄悄吃了。

当我终于做出色香味俱全的麻辣虾球时，看着你一边吃一边直呼好吃的模样，别提多高兴了。只要你吃得开心，就是手被烫起水泡，也是值得啊。

诗雨，每次看到你那么用心地读书，我就担心熬夜劳累的你身体吃不消。你捏着我的鼻子说："都快被你喂成小猪猪啦，还在担心我没营养。"

诗雨，我真的愿意把你养得胖胖的，哪怕就如你说的胖成小肥猪，那样，我就不担心有人会抢走你了。

周末，当我们站在八达岭上，我拥你入怀。我兴奋地喊："诗雨，嫁给我。"可是你却轻轻推开我，你说你不想结婚。

诗雨，相爱的两个人，最终走到一起，才是完美呀。你为什么不愿意和我结婚呢？那天，游玩归来，我的心一直沉沉的。我不想影响你的心情，尽力克制着内心的波澜。吃完饭，你回学院了，我一个人走在清冷的街头，心，就如同初春的倒春寒，冷飕飕的。

诗雨好多天不过来了。我颓废地躺在床上，闻着你枕过的枕头，仿佛那里还留着你发髻的馨香。

爱了五年的女孩，会离开我吗？

我拨打你的电话，总是处在关机状态。联系不到你，我如同失去方向的漂流者，烦躁地到处乱转。在深沉的夜里，无以排遣，我竟然喜欢上抽烟。在袅袅的烟雾里，我麻醉着刺痛的心。

终于，诗雨打电话来。你说面临毕业，还要准备迎接国考，你暂时不过来了，住在研究生宿舍。

虽然，我有些伤感，可是，收到你的信息，总比没有强。

我会经常徘徊在你的学院门口，期待能不期而遇。然而，所有的等待，都是失望而归。

你通过了国考。我为你高兴，我想，工作安顿下来了，就可以考虑我们的婚事了。我兴冲冲地定了饭店，要为你好好庆祝一番。

这顿饭吃得好沉闷，你几乎很少说话。当我招手让服务生结账时，你却早已经支付了。我定定地看着你，心里慌乱着。

我不希望的事情还是来了，你说了分手。我不知道，五年的爱情，五年的用心努力，竟然留不住你的爱。

你告诉我，很多时候女孩子是分不清喜欢和爱，更无法抗拒无微不至的关怀和宠溺。冷静了这些日子，你觉得对我的感情更多的是喜欢，并不是爱。因为我的宠爱，让你感觉温暖和安全，并且我在你最困难时给予的帮助更让你觉得感动，可是一直没有心动的感觉。你不想骗自己，也不想骗我。你知道这样做会伤害我，更觉得对不起我。但是你不想为了报答我的深情，为了安慰我而骗自己的心，加重心的负累，加深对我的伤害。

从认识你开始，我就知道你是一个有独立思想的女孩。我不想勉强你，更不想让你不开心。我默默看着你，含着泪祝福她能找到那种心动的感觉。

诗雨，我深情的眼眸注视着你离去的背影，我第一次不顾路人的目光在街头失声痛哭。

诗雨，我不再去打扰你，因为爱你，就希望你永远幸福，就支持你所有的决定。

若有一天，你突然怀念我的温暖和安全，我会在这里等着你。

一个人走在寂静的街道，夜的冷抵不过心里的寒凉。我无数次重复走着我们一起走过的路，无数次坐在曾经一起去过的咖啡馆，一遍遍撕裂心里的疮疤，让伤口鲜血淋淋。无数次地撕裂，无数次地结痂，无数次，一个人在回忆里默默爱你。夜的街头，我独自泪流。诗雨啊！在这万千亮着灯火的窗口里，不知道能否看见你探出的头?

诗雨，你离去时歉疚的眼神，转身而去时踉跄的背影，阻止了我追赶的勇气。在这个拥挤的城市，我和你，向左向右，再不相遇，可我的心，早随伊人去。

生活的主角里没有了你，我的重心失衡了。在回忆里拥着曾经的甜蜜，我不会怪你，一切都是因为爱你。

手机里播放着：

当思念转变成怀念

当眼泪为你流干

冰冷的心已经入眠

梦只在黑天上演

……

眼睛为他下雨，心却为他打了一把伞

清　茶

天气灰蒙蒙的让人想哭，大学到了末尾，真的就像放电影一样，所有的都结束了。她，高小尧，外语系的系花，无数男生追求的对象，竟然被一个普普通通的男生甩了。

刚进大学的时候，高小尧就被许多男生追求着，那一米七的身高加上姣好的面容，走到哪里就惊艳着哪里的人。而她本人呢，性格外向，对这些目光往往一笑了之，再加上喜欢凑热闹，所以无论男女，和她相处都极为自然。

大学第一次系里组织联谊活动，高小尧就作为迎宾兼主持人。在集体教室里看时间差不多，没人进来了的时候，她就站在台前，准备用话筒说两句暖场的话。

这时，门突然被推开，一个瘦瘦弱弱的男生闯了进来，高小尧不认识这个男生。见他到最后一排坐下时，她便开始主持活动。

到活动结束还有几分钟时，没人上台表演了，台下有点冷场。高小尧灵机一动，说着："最后还有一个助兴环节，就是主持人随机选人上台表演一个节目，现在开始选人。"

说完下面就叽叽喳喳，谈论起来。她望着下面，正想着找谁来表演，一眼看见那个来得最晚的男生，一个人埋着头坐在最后一排。

她突然就想捉弄一下他，于是她微笑而戏谑地说着："最后一排的那位同学，能请你为我们表演个节目吗？"下面的同学都在起哄，男生犹豫了一下，还是上台为大家朗诵了一首诗，他念得很快。

"音色很稚嫩，背得还挺好。"高小尧在心里这样想着。

高小尧觉得这男生蛮有意思的，她仔细地看了看他，虽然他长得一般，也不高，但是有着一股很特别的气质，那气质高小尧说不上来，所以她很想近距离去感受一下。

从小到大，她都像公主一样，身边护花使者从不缺少，但她没遇见过这类的男生，所以很想了解下。

活动结束后，高小尧打听到这个男生叫刘奇，她本想找他要联系方式的，可一眨眼那人就不见了，高小尧也没太放在心上。

第一个期末很快要来了，高小尧准备去图书馆补补课，但看见她那一群室友正在专心地各种追剧、游戏时，她只能无奈地放弃叫她们一起去的想法。

图书馆里一眼望去，除了书，就是各样的人，高小尧从一楼找到三楼，好不容易看见一个位置是空着的，立马跑过去坐下，旁边的人抬头看了她一眼，高小尧用惊讶至极的语气说着："是你啊！"旁边人微笑着点了点头，然后埋头看自己的书。

她没想到会在这碰到刘奇，这让她突然间不知道说些什么，她只好拿出书像他一样埋头看，许多想说的在她脑海中浮现、涌动。她时不时地瞧一瞧旁边人的动静，他就这么一直看着书，这么安静。她觉得，他的气质就是超然和安静，能令人心安的那种。

接下来的几天里，高小尧在图书馆总能找到刘奇，然后想着法子和他坐在一起，看书，不时偷瞄，观察他，这让她觉得很有意思。

每次待不下去，起身准备离开时，看着旁边正专心致志的刘奇，高小尧有点懊恼，也有点郁闷。走的时候，高小尧热忱地和他道别，而他就微微一笑，然后点了一下头，就又将头埋了下去。高小尧有点想不明白，是她的魅力变低了，还是他就是个榆木脑袋?

高小尧发现自己有点在意他了，以往她从不会将一个男生如此放在心上，可她就是觉得他太神秘了，太有吸引力了，所以主动要了他的联系方式。

有次高小尧问他，暑假你要做些什么?他说去做辅导老师，高小尧想都没想就和他一起去了。

他们去的辅导学校很小，就有几个班。高小尧和刘奇负责同一个班，高小尧英语学得不扎实，也没什么经验，在课上总是被学生发难问住，这让她很囧，但好在她美丽的外表吸引着学生，所以她的课堂气氛最好，人气最旺。反观刘奇，知识讲解得清楚到位，但他太严肃了，学生们都是一副无精打采的样子，不过高小尧每次听得很有兴趣。

慢慢地，高小尧发现自己真的喜欢上他了，喜欢他那让人踏实、舒服的感觉，喜欢他谈话时的儒雅和不凡的才华，那些都是她没有体验过的，高小尧突然感觉她以前的那些朋友好俗气。

辅导班结束那晚，大家一起聚餐，高小尧喝多了，刘奇不知道她住哪，就把她送去了宾馆，她一路嚷嚷着：“刘奇，我喜欢你。”那晚，刘奇一夜没睡，而高小尧却生病了。

第二天，高小尧在医院打吊瓶，刘奇给她送饭，两个人坐在一起，气氛有点尴尬，高小尧冷不丁问刘奇："你愿意做我男朋友吗？"

"噗！"

刘奇一口还没下咽的饭喷了出来，然后呛个不停，高小尧哈哈大笑，然后故作深沉地说着："你不说话，我就当你默认了哦！"

开学一段时间里，高小尧除了上课，就是和刘奇待在一起，她和刘奇不太玩得到一起，不过她喜欢待在他身边。刘奇在看书的时候，她就在他旁边吃东西、听音乐，她享受这种安静，到太晚了的时候，他们就一起回去，不过大多数时间，高小尧都是提前走的那个。

刘奇不在的时候，高小尧打游戏、唱K、逛街，她的身边不缺异性朋友，高小尧和他们在一起时，就像是公主一样，大家都围着她转。和刘奇在一起的时候，她陪他吃饭、散步，拉着他到处去玩，给他介绍她的朋友，她总是显得那么积极主动，高小尧和刘奇在一起时，更像是个姐姐。

高小尧就这样和刘奇好着，她的朋友也都慢慢知道他们是男女朋友关系，在外人看来，他们两个人的性格和生活方式差距太大，怎么看都不合适。

高小尧和朋友唱K总喜欢把刘奇带着，她把刘奇介绍给他们，而他们很喜欢调侃、戏弄他，他从不说些什么，脸上只是不停地笑着。他不唱歌，就坐在一边安静地听，等到结束后，就把喝得烂醉的高小尧送回寝室。

高小尧和刘奇单独在一起的时候，两人就聊刘奇，聊他喜欢什么，聊他为什么这么安静，这么特别，她很享受和他在一起的感觉，即便两个人什么话也没有的时候，靠在一起她都觉得踏实。

这样的时光过得很快，大三时，刘奇拿到了免费出国留学的名额，高小尧叫了很多朋友，订了一个包间，准备好好给刘奇庆祝，刘奇在那个晚上表现得更安静，他习惯性地微笑和沉默，大家都习惯了，最开心的是高小尧，她都想好以后和他一起出国留学。饭后，当朋友一个个离去，他们一起走在路上时，刘奇向高小尧提出了分手。

高小尧以为在做梦，她不敢相信，也不懂为什么。高小尧慢慢变得沉默、安静，中间问了很多次分手的原因，除了得到一句不合适，其他什么也没有。那段时间，高小尧郁郁寡欢，她一个人去旅游、爬山，去了很多地方。

新的一学期开始了，高小尧又被各样的男生追求着，她没有理睬。她想看看为什么刘奇要和她分手，她到底哪点不好。刘奇在图书馆时，她在后面坐着；刘奇看完书去吃饭，她跟在后面；刘奇在汽修店给汽车补轮胎，高小尧在后面看着；就连他晚上在咖啡厅当服务员，高小尧在门外也观察着。

她看见老板对他的苛责脸色，她看见了他的汗水和颤抖的身子。

这些她都不知道，她从来不关心这些琐事，她的人生像诗，都是美丽的字眼，而她眼里的刘奇是水，安静、出尘，令人心动。

她的心很痛，眼角挂着被风吹干的泪痕，她有点明白为什么刘奇要和她分手了，尽管她不认同。

后来，她常常去那家咖啡店，一坐就是一天，刘奇看见她，微微点头一笑。她笑不出来，看见他现在这个样子，她的心像被针扎似的，她好想问他，有没有如果？

可提出分手的那个人不是她，她又拿什么理由提如果？她的眼睛里为他流着泪，她的心里却为他打着伞。

向左走向右走，你我成了陌路

月　魄

午后的阳光真好，漫过窗台洒在阳台的吊椅上。眯着眼，我蜷缩在椅子里，轻轻摇动吊绳，享受着阳光的爱抚。

晃动的身体，唤醒了沉睡许久的思绪，它蔓延开去，肆意舒展着身躯。打开记忆的闸门，汹涌而出的记忆洪流，把我带回到多年前的一个午后。

那时，我刚上大学。新奇而多彩的校园生活，曾一度冲淡了我对家乡和故人的思念。新鲜、热乎劲一过，还是抑制不住去想念，去怀想。百般无奈，只有在书中的字里行间忘却离愁别绪。

一个阳光晴好的午后，坐在学校花园的长椅上，看安妮宝贝的《春宴》。我正为信得的生活唏嘘，突然短信的提示音响了。打开一看是儿时的玩伴紫剑发来的信息：

我已经到内蒙古了，草原的寥廓，让心胸更加宽广，真切地感受到了天似穹庐，笼盖四野，天苍苍野茫茫的壮阔景象。我很喜欢这里，我想你也会喜欢的，稍后我给你发张照片，看看最近的我有什么变化没有。还有你也发张近照给我，看看丫头有无变化。

随后紫剑发来一张照片，空旷的草地上，紫剑抱着吉他，坐在如血的残阳里，浑身笼着一层艳红的光晕，皮肤黝黑，眼眸清亮，笑容幸福。他已经不再是高中时那个清秀白皙的紫剑了，现在的他显得成熟、稳健。

我真为紫剑高兴，也向往一望无垠的大草原，同时回想起了儿时的那些时光。

我们俩是邻居，性格、心性有些相似，尽管不同性别，也没影响到我们在一起玩乐的欢愉。

我们偷过花园里的黄玫瑰，到城外的河里去捉过虾、钓过鱼，还一起裸泳过。我们也上过山采摘过漂亮的树叶，制作叶脉书签，更到地摊前买过旧钱币，也在一起下象棋、围棋。你还给我梳过小辫儿，你很想知道我柔顺的长发是怎样变成了一条小辫的。你不止一次在我头上做实验，笨拙的你很多时候会弄疼我，我眼泪汪汪求你别弄我的头发了，你总是说，你让我梳小辫，下棋我就让你赢。为了争得那点虚荣，我忍着疼让你撕扯我的头发。

更未曾想到我们的兴趣爱好是如此合拍，我们甚少闹别扭，你总是让着我。那时的我们是那样快乐而肆无忌惮，完全忽略了男女的界限。至今想来这些都是最珍贵的记忆。

后来上学了，我们仍然是好朋友。青春的萌动，似乎并没有影响我们的友谊。我们还是如儿时那般要好，只是有了男女之间的距离。

后来上了高中，我们的理想有了分歧。你说你不想考大学，你想先去当兵，在部队锻炼自己的身体和意志，然后在部队考军校，那样你无论在思想，还是心智上都是一个成熟的人了。而我想考本省最好的一所大学，学习汉语言文学。我的梦想就是当一名作家。

我劝你和我一起去考那所大学。那时候的你文笔在我们学校已属一流，你的文字还经常被报社的副刊采用。我觉得你从军可惜了，可你告诉我，男儿都有军旅情结，可以没有凌云志，但是不能没有强健的体魄和强大的内心。你觉得只有在军队那所大学里才能成就你的梦想。我知道这次我是无法劝说你了。

就这样，我们各自向自己的理想奔赴。收到紫剑的短信和照片我还是很高兴的。只要你幸福快乐就好。我想：发一张什么样的照片给你呢？照片要有一定的意义，突然我想到了该拍一张什么样的照片给你了。

我回到寝室，把盘着的丸子头散下来，让头发披在肩上，然后梳理整齐，在耳旁编了一条大辫子，在辫尾插上几朵茉莉花，我看着镜子里的自己还算满意。有了几分儿时的样子，我随后自拍了一张给紫剑发了过去。

没想到，照片发过去没多久，紫剑很快回复过来：

还是你最懂我，知道我需要什么，喜欢什么。你的青丝已经紧紧系在我的心上，你的发辫已经缠住了我整个的情感和思念。我不想再做你儿时的玩伴，只想做你心上的白马。想一生都为你梳理那条发辫，看着它由青丝变白发。

看到这条信息，我热泪盈眶。该死的紫剑为何今天才给我发出这样的信息。

紫剑和我熟到好似没有间隙的地步，我们无话不说，我们之间似乎都没有什么秘密。可紫剑从未正式对我说过这样的话。上大学后，看着同学、朋友成双成对，我的心也渴盼过爱情。可是真的有人向我表白时，我的脑子里满满都是紫剑的笑脸。

我无法知道原因。我认为是我把紫剑当成家人，在最幸福或者最难过时都想与他分享，这时想起他，只是为了让他给自己做参考，或者做一个决定。可是，为什么一想到他，就会婉言拒绝别人？我心里只有紫剑，似乎没有别人的位置。

此刻我才真的意识到，原来我一直在等紫剑的告白。

我回了一条信息：为何你今天才对我说这些？你让我等了太久太久。

紫剑马上回复我道：丫头你真的很笨。在你上大学后我发给你的第一条信息是什么你还记得吗？我给你画了两个大大的同心圆，然后写了一句："待你青丝绾正，铺十里红妆可愿？"可你倒好，你给我回复的什么？你说军旅生活让我变得健忘而迟钝，这是女孩子的问话，怎么会出自男子之口，你笑我之余还附上："待卿长发及腰，我必凯旋回朝。昔日纵马任逍遥，俱是少年英豪……"的诗句，把我搞得灰头土脸。

蓦然想起是有那么回事，可是我们玩惯了文字游戏，我怎么知道你是要表达这层含义呢？你不可以把话讲得像今天这样明白吗？

你笑我情商实在太低。

那时的我们变换了相处的角色。我们由朋友、亲人变成了恋人。

这与之前的亲密有了很大的不同。之前的我可以无所顾忌地对紫剑说疯话；可以狼狈不堪地出现在紫剑面前；可以对紫剑大呼小叫，无女孩子的矜持模样。现在不行了，我得做那个乖巧、温顺、懂事的女朋友。

开始，我们很享受这样的甜蜜。最初角色的变化让我们都有一种欣喜，以前的我们虽然一直相伴，那只是朋友之欢，守望相助。而从今以后我们的相伴就是相约白首，共同承担生活的悲喜苦楚。我突然觉得意义非凡。

我们两人都变得小心翼翼，都怕自己哪一点做得不够完美圆满，不能让对方舒适惬意。我们都毫无保留地完全投入。我们似乎在拼尽全力爱对方，独独忘记了爱自己。

那时候的我们都不懂，适时的距离和空间才能让爱茁壮成长，不要企图在对方身上找寻爱的成就感与爱的回报。爱就爱了，爱就应该像大海那样让帆船自在徜徉，让鱼儿自由游弋。更应该像放风筝那般，牵着那根线，让它在蓝天翱翔。

我们因为太想给予对方，太在意这感情而滋生了很多的矛盾。

有一个周末，室友约我到临市的一个景点去玩。以前的每个周末我都在寝室和紫剑聊天，煲电话粥。而紫剑告诉我，这周他们要封闭式训练，不能带任何通信工具，不能陪我，让我自己照顾好自己，找点开心的事情来做。于是我就跟着室友去玩了。

没想到，刚到临市，一下车手机就被偷了。手机丢了，我焦急万分，我和紫剑的一切联系就是手机，手机就是我身边的第二个紫剑。

紫剑联系不到我怎么办？我急得快哭了，想立即返回。室友们都劝我，来都来了，就因为手机丢了就要回去，不值当。周末结束了再回去重买新手机补卡不就完了。她们都笑我，这正是考验你家紫剑的时候，联系不到你，看他是什么样的表情。你太爱他了，爱得都没有了自己，一切都围绕着你的紫剑转。现在你们还只是恋人，并且远隔千里都这样，若真的成为一家人，你恐怕想把自己拴在他身上。绳子拉得太紧会断的。

被她们嘲笑之余，我转念一想，紫剑这周不是有事吗，他没有时间联系我。于是在忐忑中，我跟着室友们享受玩乐的周末时光。

没想到回学校，隔壁寝室的同学给我捧出一束鲜花，还拿出一大兜吃的。问我到什么地方去了。有一个威武的军人来找过我，找不到我，打电话也联系不上我。他发疯似的到处找我，可是遍寻不得，后来在学校的花园里坐了一宿走了。

我知道是紫剑来过，紫剑千里迢迢怀着一腔热情来看我，看见的却是紧锁的寝室，听到的是电话的忙音，他当时的心情怎样，无法可想。

我立即用寝室的电话给他打过去，可是无人接听。我立即买手机补卡，一连串的短信出现了。

紫剑告诉我，为了给我惊喜，他整整筹备了三个月。第一个月积攒休息时间，第二个月存钱买机票，第三个月想办法请假。他只想给我一个惊喜，没想看见的是紧闭的门，拨打的是无法接通的电话。他觉得我们之间已经可以做到心有灵犀，可是没想到，我还是无法真正了解他，感受他对我的情意。这只能说明，我没有他爱我那么多，更没有他那么在乎我。

我伤心欲绝，紫剑居然会质疑我对他的感情，居然说我在乎他的程度低于他在乎我。于是，我也给紫剑发了一条长长的信息。我说这次是我不好，我很心痛，也很内疚。但是，我并非不能感受你对我的情意。只是我一直相信你说的每一句话，你说让我自己照顾好自己，自己去找开心的事情做，我就按照你所说的话去做了，没想到我错了。你来看我我很感动，为何你事先不告诉我？你是知道的，我是一个很蠢笨的丫头，我只会了解字面的意思，毫无保留地顺从你、信任你、爱你，我不会揣度你的心思，我觉得你的心和我一样透明。我只有一颗纯纯的单窍心房，不是七窍玲珑心。我的单纯和专一难道都错了吗？你别这样质疑我的爱，你的质疑就是对我人格的侮辱。

我可以想象紫剑看见我信息时的暴怒，可是我不能忍受自己被质疑。

紫剑回复的信息只有一句话：都怪我这颗阴暗的心，太宠你了。

我更加气恼，也回复了一句：透明和阴暗是相对的，你可以不用宠我了。

就那样，我们冷战了两个月。

因为情太深，都不舍。我给他发了信息问他还好吗，他说：一切都好，就是忘不掉那个傻丫头。

我们接通了电话，电话的两端只有抽噎声。

后来，为了弥补内心的歉疚，也为了给他惊喜，我也来了一次空降。没想到，他们部队开拔新疆，进行对抗演习。我也扑了一个空。更没想到的是，他们这次实战演习，一去就是半年之久。

少了联系，也就多了误会，浓烈的情感无处安放，于是就变成了怨恨。

少有的联系时间也就成了吵架、埋怨的争斗时间。我们再也没有了往昔的甜蜜，彼此都感觉身心疲惫，无法再承受这样的折磨。

就这样，我们走岔了方向，一个往左一个往右，后来终成陌路。

阳光还洒在身上，思绪还在飘飞。咀嚼着这些过往，酸楚而甜蜜。现在我终于明白，我们都没有错，不是我们爱得不深，只是因为我们爱得太认真。

终究一天，会笑着说出曾经的遗憾

凡　心

雪，纷纷扬扬地从天上飘落。雪花像那一树梨花在空中旋转起舞，极为壮观。

雪花吹散了落叶，我顶着风雪，亦步亦趋地向前走去。我想着我们曾经的事情，回忆在不经意间早已缤纷飘落。

那些一起触摸理想的岁月，正一步步走远，在转角处消失不见……

依稀记得，那同样也是一个下着雪的季节，我们在雪花满地的大学校园里相遇。下雪了，很多学生都跑出来堆雪人，场面真的好不热闹。

而我和你的相遇，没有太多罗曼蒂克的情节，只是你在雪中颤抖的瘦弱身影和你凝望梅花时的模样，吸引了我的视线。

那天的你，一袭白衣，与那雪景融为一体。我不知是被满目的白雪迷住了眼睛，还是对你遗世独立的气质产生了心动的感觉。

只知道，那一刹那，我的视线开始变得模糊起来。你幻化成一只美丽的蝴蝶，围绕在梅花枝头，伴着那飞雪翩翩起舞。只那一眼便将你定格在我心中，留下永世不忘的烙印。

你抬头看见我呆住的样子，“扑哧”一声，你笑了出来。你甜美的笑声拉回了我的思绪，你走近我的身边，嘴边挂着浅浅的微笑。

当我刚想走近你，跟你要联系方式的时候。你看了我一眼，就从我旁边走过了。我的目光追随着你的脚步，才发现我身后站着一个俏皮可爱的女孩子。虽然不是一眼看上去很出众的那种，但是细细端详，也有几分味道。

我看着你们手拉着手走开，作为一个有点害羞的男孩子，也不敢上前去跟你们套近乎。

那一天，我在雪地里站了很久。我在想，这雪中梅为什么让你产生别样的情感，就像那天以后的我为何对你念念不忘。这一切都没有缘由。

那天以后，我总是试图在黑压压的人群里寻找你的背影，操场上、食堂里、图书馆、教学楼……却一次次失望而归。

整整一个月，当我快以为你要在学校里消失的时候，你又出现在我的眼前。

那天中午下课后，我漫无目的地走在回宿舍的路上。看到地上有一张印着你名字和照片的借书证，就捡了起来。原来你的名字叫徐薇。你借书证上的照片十分清秀温婉。当我看着照片感谢上天的时候，你突然出现在我的面前。原来是你走到图书馆发现借书证丢了，沿着原路回来找。

“你好，我是徐薇。这是我丢了的借书证。”

“好的，这是我刚刚捡到的，正准备还给你。我叫李凯，很高兴认识你。”

这是上天对我的眷顾，让我们再次相遇。我的内心带着一丝丝欣喜。这一次，我不想错过你。

那天，在交谈之中，我发现我们有许多共同的爱好，我们一样喜欢读书，一样对文字有种深深的依恋。

爱情来得太快，就像龙卷风。很快，我们就坠入了爱河。

你爱张爱玲的刚硬倔强，我爱张小娴的柔情万分。我们一样感怀惆怅，所以我们更加惺惺相惜。我们在一起的时光总是很快乐。

那时刚刚步入象牙塔的我们，像两头焦虑的小兽，被困在一个迷宫中，横冲直撞，左冲右突，迫切地希望找到通向成熟的出口。

还记得，那次我们一起约定去海边郊游。

我骑上从家中偷拿出来的单车，你坐在车后座，我们一起向海边靠近。我奋力地向前踏着，头顶的太阳毒辣，感受着夏日空气里浮动着的躁动与不安。

汗水就那样肆意地淌下，你拿起手绢轻轻拂拭我脸上的汗水。很快，我们到了海边，我们脱下鞋，踩在柔软的细沙上面，互相追逐打闹着。

那天，有澄澈的海水，柔顺的海风，和暖的阳光，这景象成为我生命中最美的风景，成为我青春的咏叹调。

那些年，我们单纯善良，彼此珍惜。

可是，所有美好都抵不过岁月离散。往事回首，只留下早已斑驳的时光。我甚至不曾想到过，别人故意的欺骗竟能如此轻而易举地离间我们纯洁的爱情，让那曾经的回忆恍然之间变得千疮百孔。

你不会想到，你最好的闺密，暗恋了我很久。她表白被我拒绝后，后来怀恨在心。

那天她去教室找你，欺骗你说我真正喜欢的是她，只是碍于你太依赖我了，所以我不好意思提分手。我对你一直是同情，不是爱情。

因为你是单亲家庭出身，一直很自卑。她是你最好的朋友，你本能地信了她。

当我毫不知情地走进你的教室准备约你一起看电影时，此时的你已经双眼红肿，哭得微微抽搐。我刚想上前询问，你突然扬起巴掌，“啪”一下落在了我的脸上。你的眼眶红了，捂住双耳不愿意听我解释。

我没有疼痛的感觉，只听见心碎的声音。我带着泪冲出你的教室，那一刻你低下头不曾看我。那个光景里你是脆弱的，恍然若失，又不知失去了什么。那一夜，我辗转反侧，难以入眠。一想到你扬起的巴掌，我心中仿佛被狠狠地撞了一下，钝痛渐渐麻痹了四肢，瞬间无法呼吸。

我不恨你，我只是想告诉你，那些青春期或明或暗的误会，是成长的前奏。作为你的男朋友，我对你是绝对的爱恋，而不是同情，即便你误会我了，我怎么舍得去割舍这来之不易的爱情呢?

你一直是个单纯的人，只愿意相信眼前看到的。

那一刻，你甚至都没有去质疑，只是被她的话蒙蔽。你的“不信任”打破了我们的爱情神话，也从那一天起，你与我心生嫌隙。

从那天起，我们不再形影不离。你的身边似乎出现了其他男生。有时，你带着他们从我身旁走过，那冰冷的眼神足以让我凉至心底。

我知道那些男生只是你的朋友，是你故意用来气我的帮手。

我却再也鼓不起走近你的勇气，因为我明白这时你已经不会再向我靠近。我知道单亲家庭里的你，是个没有安全感，害怕受伤的人。

我在流年里固守着希望，希望你能幡然醒悟，一切都回到往昔。可你的冷漠一次次让我在无数黑夜中孤独地背负绝望，甚至连向你解释的机会都没有。

毕业之后，我去南方工作，你留守在北方，天各一方，彼此杳无音讯。有时，我也会一个人在黑夜里沉思过往，那些安静的作了茧的记忆突然化作斑斓的蝶，翩翩起舞。不经意，泪水氤氲了我的视线。经过时间绵长的积淀，那些对爱情的体悟，更加久远、厚重。

如今，又是下雪的时分，我走过来时的路，看着熟识的街景，一切依旧如往昔。那些轮回上演的往事，栖息在回忆里的画面。无言之中掺杂着哀伤，此刻，留我独与雪花相伴。

这时，手中的电话突然响起，你的号码出现在眼前。还是熟悉的声音，略带沙哑，像刚哭过一样。

电话中你告诉我，你最近才从那个破坏我们爱情的闺密那里知道了真相，你恨自己错怪我这么久，不停地说着对不起。

我安慰你道：“没关系，我一直在你身边，从未走远。我还是爱你的。”挂断电话那一刻，我只觉得有一股甘甜的泉水，透过舌尖，缓缓流进心扉。我仿佛看到你坐在我身边，脸上带着柔和的光影，轻松地朝我笑着。

天空渐渐放晴，太阳在天边露出笑靥。我突然感到那些稍纵即逝的青春，像厚重的压缩文件，一下子被解压释放。那些生命中曾经走散的人，终会回到我们身边。正如歌词里说的："不再去说从前，只是寒暄，想对你说一句，只是说一句，好久不见。"

终究一天，我们再次相遇的时候，会笑着说出曾经的遗憾。

你没有陪我一生，只送了我一程

伊沫儿

夏日的午后，王颖百无聊赖地坐在咖啡店里等人。突然，一阵熟悉的歌声闯入耳中，她转向墙上的大屏幕，只见歌坛新秀刘爽手拿话筒，正在台上倾力献唱……

"嗨，好久不见！"王颖对着屏幕淡淡一笑，思绪被婉转动听的歌声拉回了大学时代。

那年她们读大二，高温笼罩在大学上空，王颖刚下课，就被身旁你追我赶的同学吸引住了目光。

他们这是去哪里，发生了什么事？

随着人群，王颖也来到被堵得水泄不通的女生宿舍楼下，只听见从人群之中悠悠传来动听的歌声。

拨开人群，王颖看到周豪轩正跪在地上，唱着刘爽最喜欢的歌曲——《这就是爱》。一旁的同学爆料说，他用了足足一个月的时间来练习这首歌。而站在周豪轩面前的女生正是王颖的铁杆闺密——刘爽。刘爽是系里出了名的"歌唱家"，追求她的男生数不胜数。

刘爽在大伙的怂恿下，接受了周豪轩的表白。

记得大一时，刘爽对王颖说，我们大学时代不谈恋爱，好好学习，不辜负青春。

虽然只是一句轻描淡写的玩笑话，可王颖一直都放在心上。刘爽似乎已经遗忘。在她接受周豪轩的一瞬间，注定失信于好友。

周豪轩和刘爽成为学校里一道靓丽的风景线，哪怕是他为她一个不经意间的弯腰系鞋带，为她跑到二百米外的商店买她爱吃的冰淇淋，在她生病时亲自悉心照顾她，这些举措都让其他女生羡慕嫉妒。

刘爽经常在宿舍里对她说："颖子，不要怪我，周豪轩对我很好，你是我的好朋友，你应该祝福我。"

"我知道他喜欢你，只是现在我们应当以学业为重，在没有能力承担一份爱情时，一切都是浮云。"

"责任？哼，颖子，我想让我的大学时光有所回忆，当我老了的时候，不想坐在摇椅上与你只念叨大学的考试，总该有些别的话题吧！"

王颖转过身，不再搭理她。

爱情是伟大的，同时也是盲目的，刘爽对好友的忠告充耳不闻，依然沉浸在爱河里。

她还亲自为他们的爱情谱写歌曲，一遍又一遍地修改，有时甚至熬夜到凌晨。当她写好歌，就在宿舍录制，再传到微博上。她的歌点击率很高，有时一首歌会转载上万次。每每此时，刘爽都会迫不及待地与周豪轩分享愉悦。

周豪轩如法炮制，为了证明自己同样很爱刘爽，他毅然选择了转系，来到了刘爽所在的法学系。

课堂上，他俩永远是紧挨而坐，周豪轩总爱凑到她的耳边低语，逗得她捂嘴偷笑，根本无心听课。那门课两个人都挂了，但是刘爽根本不在乎。

刚入三伏天，校园的小花园是所有情侣的最佳约会地点，这晚他们也不例外，手牵手出现在绿荫下，没走几步，刘爽便开口："周豪轩，你爱我吗？"

"傻瓜，当然爱。"

"如果爱，你愿意用实际行动来证明吗？"

“什么实际行动？”

“假如我让你放弃学业跟我结婚，你愿意吗？”

周豪轩迟疑地望着她：“好端端的，你怎么了？”

刘爽不是突发奇想，她真的打算休学。在一周前，有人在她微博里留言，因为关注过刘爽的直播，听过她唱的歌，觉得她很有潜力，想与她签约，好好地打造她，让她成为新一代歌坛女神。起初刘爽也怀疑对方是诈骗犯，可是通过多方打探，发现确有此人。只是他们公司刚成立不久，目前正处于起步阶段。

对于此事，刘爽没有和任何人透露。

刘爽看出了周豪轩的迟疑，他或许没有想过要与自己结婚。刘爽愿意给他一点儿时间好好想想，周豪轩答应会在三天后她生日时给出答复。

三天时间里，周豪轩请了病假，没有在学校，没有与刘爽联系，谁都不知道他去了哪里。

终于，刘爽生日到了。当晚，她精心打扮一番，独自来到湖边，看着波光粼粼的湖面，满心欢喜地期盼心上人的到来。

时间是最好的验证师，她在湖边苦等四个小时，连个人影也没瞧见。其间，发他微信不回，打他手机关机，联系他的室友没人知道周豪轩去了哪里。

经过那一夜之后，刘爽染上风寒病倒了，每天陪在她身边的人只有王颖，没有周豪轩，他甚至连一句问候都没有。

虽说刘爽躺在床上不能动，一双眼睛却时不时盯着手机。王颖知道她挂念周豪轩，可周豪轩压根就不会来了。他请假三天是去办理转系，他又偷偷转回了原来的系，他这样做是想一刀两断。

王颖话到嘴边，却没有勇气告诉刘爽。

刘爽干裂的双唇，无力地张了两下，发出微弱的声音：“轩呢，为何不来看我？”

“他……他……”王颖吞吞吐吐地说。

“他是不是出了什么事？”不知哪来的力量，刘爽一下坐了起来，紧紧地拽着王颖的衣袖。

“不，不是，他……他转系了！”王颖忍不住说出了真相。

刘爽放开了王颖的衣袖，将被子拉过头顶，藏在被窝里放声哭泣。对于这样的结果，她也曾设想过，可是真正面对这一切时，她的心还是不堪一击。

虽然她难过，但从另一个角度来想，她很庆幸，因为她现在终于可以放下一切追求自己的梦想了。

病好一周后，刘爽主动向学校提交了休学申请书，并向王颖承诺，她选择的路永远不会后悔。她还说自己不恨周豪轩，人生路上，总会经历无数坎坷，而每一次跌倒爬起的经历都将是踏上成功之路的垫脚石。

离开校园，刘爽知道以后的人生需要自己独自面对，没有人能帮得了她。作为刚入歌坛的新人，她面对着无数竞争者，她自信满满，歌里面有她的情和爱，她要唱出自己的心声。

三个月里，她几乎没日没夜地练歌、调嗓、念白，禁食一切刺激食品。公司说想当歌星不仅要唱功了得，更要拥有非凡的气质和绝佳的身材。她每天除了练歌，还坚持早晚健身，很快她的健身照片在微博走红，“魔女爽”这个绰号应运而生。

光阴如梭，转眼大学毕业了。

在王颖收拾行李的时候，熟悉的歌声传了过来，室友兴奋地拉着她看网络视频。华丽的舞台上，一位婀娜多姿的少女正在演唱，那人不是别人，是正式踏入歌坛的刘爽。

毕业晚会上，刘爽作为特别嘉宾驻唱，当她站在舞台中拿着话筒深情唱歌的时候，世界都安静了！

然而，在一个角落里，唯独他的眼神别有一番情愫，他怯怯地看着她，心里说不出的后悔。其实，周豪轩从来没有忘记过刘爽，他依然爱她，那一晚他逃避的原因只是因为没有勇气给出一个男人应有的承诺。

自从得知刘爽休学后，他深深自责，然而作为一名普通的在校大学生，他又能如何呢?

就当她走出化妆间时，周豪轩手捧一束玫瑰，单膝跪地："亲爱的爽，过去都是我的错，求你原谅我。"

刘爽豁然一笑，接过玫瑰，扶起周豪轩："轩，快起来，过去的事我不怪你，如果没有你的离开，也不会有我今天的成功。其实有很多东西比爱情更重要，我们都得学会往前看。"

"可是我始终没有忘记你，我们真的回不去了吗？"

"这……"刘爽的目光一下子变得迟疑。

刘爽看着曾经深爱过的男人，依然是那般让人心动。刘爽的心五味杂陈，她现在真的不能恋爱，与公司签订协议的时候，协议里就明确规定艺人在五年内不得谈恋爱，如若违约，必承担一切责任。

"对不起，我们的爱情在我离开学校那一刻起就画上了句号，你现在应该去追求你的幸福，忘了我，忘了过去。你虽然没有陪我一生，但却送了我一程。最后，谢谢你，谢谢你在爱情里陪我走了一段重要的路。"

说完，她转身消失在寂静的夜里。

之后，刘爽把自己的全部热情融入歌唱事业里，经过几年的不懈努力，红遍大江南北。

一曲终了，王颖坐在窗前望着从对街赶过来的男人，蓦然想到，生活中，有些东西错过了就是一辈子，所以要牢牢抓紧手中的幸福。

第六章

满秋思赋予卿，春风十里不如你

时光将青葱岁月里的暗恋埋藏，她也试着放下他，只是偶尔，在午夜梦回时，会突然想起他，如同窗外那道浅浅的月光，一晃即逝。

——宛沐清

不管什么时候，总有一个人在等你

白枫麟

我到许久未见的大学同学家做客，偶然在书架上发现了一本张爱玲的书，书脊微微泛黄，看样子有些年头了。

“你是张爱玲的书迷？”我抽出了那本《半生缘》。

“你问我爱你值不值得，其实你应该知道，爱就是不问值不值得。”程琴随口背了书中的一句。

“呦呵，不错哦！”我赞扬道。

“你最喜欢哪一句？”程琴问我。

作为资深“张迷”，我打算卖弄一下，故作深沉地说：“在这个世界上，总有一个人在等你，不管在什么时候，不管在什么地方，反正你知道，总有那么一个人。”

闻言，程琴表情突变，神秘兮兮地问：“还记得卢一发吗？”

“啥？撸一发？”

“你这个坏女孩。好好想一想。”

在程琴的提示下，我的记忆像被投入了石子的湖面般一波波荡开……

卢一发确有其人，他是程琴的高中同学，我们的大学校友。

父母给他起名字那会儿，没有四通八达的网络，更没有五花八门的网词，万万没想到，儿子的名字在若干年后，会演变成一个尴尬的网络新词。

在我的印象里，卢一发是个身材矮小的男生。作为“外协”成员，颜值即正义，只有帅哥在我眼中是鲜活的，至于他那种类型，统统视而不见。

直到大三那年，组团参加校级演讲比赛，我们队缺少一员大将，这才想起卢一发这位神人。连夜让程琴穿针引线，请到这位大神助阵，一举拿下了桂冠。

后来，我们熟络起来，我发现卢一发是个真诚的人，很值得深交。从那时候起，我翻过了以貌取人这道墙。

第一次知晓他的感情秘密，是那次逛街的意外相遇。

程琴和我做梦也没想到，我们会在女性饰品店遇见卢一发，尽管他把鸭舌帽压得很低，还戴着一次性口罩，但是火眼金睛的我们还是一秒认出了他。

出于好奇，我们没有惊扰他，而是一路尾随。

“他是给老妈买礼物吗？”我用胳膊肘顶了一下程琴，低声问。

“他妈少说也有四十几岁，流行前线的饰品只适合年轻女孩。”程琴捏着下巴说。

“买给姊妹？”

“他是独生子。再说了，给亲戚买礼物，用得着捂得这么严实吗？”

程琴一语点醒梦中人，我意味深长地“哦”了一声。

如柯南所说：去除所有不可能的因素，留下来的东西，无论你多么不愿相信，但它就是真相。

真相只有一个——这小子恋爱了！

我们赫然冒出来，吓得他一个趔趄，他手中的发卡散落一地。人证、物证俱在，他只能坦白交代。

原来卢一发暗恋一位师姐，逢年过节都会买礼物送她。之前买过贵重的，她坚决不收，后来就买点小饰品，如果她退回去，卢一发就会说自己也用不上，就用这种烂理由，硬是把礼物送出去了。

现已大三的我们，鼓励他趁着师姐没毕业，赶紧表白。

卢一发挠挠头，露出为难的表情，说："她人在加拿大，没法当面表白。"

"啥？她到底是哪一届的师姐？"我大惊。

在我们的强烈要求下，他讲述了一段纯情暗恋史。

新生入学那天，是卢一发第二次见到孔梅师姐。一袭正装的她，正在台上倾情演讲。

矮个子的卢一发坐到了观众席的最前排，恍惚中，他觉得这位师姐好面熟，待对方开口自我介绍时，他瞬间瞪大眼睛，好似想起了什么。

不是吧？他暗暗惊叫。竟然是——网瘾女青年，这变化也忒大了。

看似精英附体的师姐，其实是个不折不扣的网游狂人。

事情要从一周前说起。

卢一发生于广州，长于广州，18 年来就没出过这座城市。高考那年，按照既定的路线，他报考了暨南大学（位于广州）。偏偏老天跟他开了个玩笑，把他分配到了珠海校区。

为了熟悉一下这座美丽的新城市，卢一发提前一周离家，独自来到珠海闯荡。那晚，酒店的网络坏了，卢一发等着看新更的美剧《越狱》，被迫去了网吧。

那是卢一发第一次遇见孔梅。

当时孔梅头戴大耳麦，上穿黑色亮片 T 恤，下穿橙黄相间热裤，脚上趿一双绿莹莹的懒人鞋，正跷着二郎腿，奋力在"魔兽世界"中厮杀。

十足的网瘾女青年，样子酷得有点拽。

卢一发默默坐到了她隔壁的空位上，偷瞄了她几眼，恰好看见摊在桌面的身份证以及上面的姓名。

孔梅聚精会神地打游戏，手肘一扬，把喝了一半的饮料打翻了，溅了卢一发一身。

“不好意思。”孔梅手忙脚乱地掏出纸巾给他擦拭。

温热的手指拂过胸口，那一刻，卢一发莫名心动了。

没料到再次相遇，游戏女华丽大转身，摇身一变成了学生会主席。

卢一发一边感慨这人前后反差太大，一边欢喜的感觉溢满胸口，挡也挡不住。演讲的后半段，他一个字也没听进去，只是痴迷地盯着那抹靓丽的身影。

大会结束后，辅导员让卢一发去 C 区领书。

偌大的校园，初来乍到的他怎么知道 C 区实验楼在哪里。

踌躇中的卢一发，发现不远处的孔梅正盯着他看，似乎是认出来了。于是，他红着脸，挪到了师姐旁边，借机打听。

师姐一改在网吧时的模样，用严肃的口吻告诉他 C 区如何走。

孔梅忽然瞥见卢一发脸红得像关云长转世似的，不禁觉得好笑，她咳嗽一下，低声恫吓：“在网吧看见我这件事，不许对外声张。”

孔梅是个不折不扣的游戏迷，除了室友，没人知道她这癖好。为了筹备新生大会，她提前一周到校，那晚她要做游戏里的一个重要任务，偏偏网络中断，不得不去网吧一趟，碰巧被卢一发撞见。

“可是，我这人嘴一直没把门的，怎么办？”卢一发不知道哪根筋搭错了，来了这么一句。

“你想怎样？”孔梅与他讨价还价。

“这么吧，你教我演讲技巧，我就替你保守秘密。”卢一发开出了条件。

正处在保研政审阶段，她不能出任何岔子。

“成交。”孔梅爽快地答应了。

一来二去，卢一发和师姐成了无话不谈的朋友。

后来，虽然保研成功了，但是孔梅临时改变主意，远赴加拿大继续深造。

“突然远赴重洋，你确定她是一个人？”程琴抿了一口沙溪凉茶。

“具体没问，她每年回来一趟，我都设法见上一面，顺便把那些礼物送给她。”卢一发甜蜜地说。

“你听过精卫填海吗？”我撇嘴，表示不能理解。

这段感情是剃头的挑子一头热，自始至终都是卢一发一个人的独角戏，他像一个追梦少年，奋力追逐着美丽的泡影，满腔热血地等待着一个遥遥无归期的人。这样做真的值得吗?

我知道作为旁观者，最好少插手别人的感情事，但是看见他傻傻付出，还是忍不住吐槽一番。

“精卫对海是恨，而我对她是喜欢，最简单的喜欢，不求任何回报。”他眼睛晶晶亮，脸上洋溢着幸福。

卢一发说过，他喜欢她，像风走了八千里，从不问归期。喜欢上谁是没法选择的事，爱上就爱上了，没办法再和别人谈情说爱了。他不在乎全世界如何看他，他只是遵从自己的感觉。他会一直等下去，他就是孔梅世界中的那个人，不论什么时间，什么地点，他都在等她。

不论结果如何，世间有如此痴情之人，实属难得。

那一刻，他平淡的五官突然变得棱角分明，原来他如此之帅!

时光匆匆似水流，七载春秋随风逝。

“哎呀，我想起来了。卢一发和那个师姐后来怎样了？”我眨巴着眼睛问。

“后来呀——”程琴故意拖着长尾音，“孔师姐结婚了，他也结婚了，说来也巧，日子还是同一天。”

烧脑！这是什么节奏？

程琴眼中的笑意更浓了，忍不住扑哧一声笑开花了。

“他俩修成正果了？”我一脸惊喜地问。

答案不言而喻。

这剧情发展也太跌宕起伏了，到底是怎么回事？

孔梅在加拿大的最后一个年头，结交了男朋友。婚前体检的时候，她查出了血癌，男友取消了婚礼。孔梅失魂落魄地回到广州，终日将自己反锁在房间里，过着与世隔绝的生活。

一日，她收到一条来自卢一发的微信：

人马座，每24年绕太阳运行一次，二月与地球擦肩而过，报道称会形成无数雨点一样的流星群，非常明亮，甚至可以形成火流星，异常壮丽。网上说，白云山（位于广州）是极佳的观星点。

她握着手机，迟迟没回。

第二日，卢一发又发：24年才有一次，下次遇上人马座流星雨，你我已过知天命之年。

她看着“24年”这几个字，又好笑，又心痛。

第三天，卢一发继续发。

孔梅回信：也许不应该错过。

那晚，气温降至三摄氏度，孔梅和卢一发裹着厚棉服，仰望黑如墨的天空。忽地一阵银雨划过天空，像手中散落的金砂，如梦亦幻。

流星雨出现了！

现场沸腾了，尖叫欢呼声不绝于耳。孔梅生平第一次看到，不觉热泪盈眶。

快许愿！快许愿！

稀疏的星雨下，黑压压的人群，两人双手合十。

“我想活下去！”

“我想和你在一起！”

两个声音同时响起，四目相对，彼此已深深烙印在对方的眼眸中、脑海里。

孔梅郑重点头，卢一发哭了。

“傻瓜，要笑啊！”

半年后，孔梅接到协和医院电话，骨髓配对成功，即日赴京手术。

从她答应的那一刻，故事被彻底改写了……

爱情，比任何事物都顽劣

宛沐清

蒋舒从小就是一个顽劣的女孩儿，上树爬墙，宛若一个男孩子。从小她便不服任何人的管束，然而他没有想到的是，那么顽劣的她竟然心甘情愿听陈廷的话。那个时候，她才明白，原来爱情，比任何事物都顽劣。

深冬的周末，蒋舒朦朦胧胧地睁开眼睛，看着外面的大雾，想起刚才的梦，心里一阵疼痛。

梦中的自己在学校的人群里寻找着陈延的身影，却怎么也找不到。她无力地蹲在地上号啕大哭起来，周围人来人往，她却只顾大哭。不知道哭了多久，陈廷从人群里走来，拉起她的手，她依靠他的力量站起身来，他便低下头吻住了她，她在他的怀里哭泣，哭着哭着就醒了。

蒋舒很心烦地闭上眼睛想要再睡一会儿，可是怎么睡都睡不着，脑海里都是陈廷的身影。穿着真丝红色睡衣的她点燃一支烟，掀开被子，站在大大的落地窗前看着外面浓浓的大雾，有关陈廷的回忆慢慢聚拢在脑海中。

其实陈廷并不是真正意义上的帅哥，她也从来没有想过自己会被这么一个相貌平平的人驯服。也是陈廷让她明白了，男人真正的魅力不是来自于外表，而是由其强大的内涵和丰富的知识决定的。

蒋舒是班长，陈廷是团委书记兼学习委员，由于工作的关系，两个人的交集很多。蒋舒和陈廷的思维方式有着很大的不同，蒋舒总是大大咧咧的，而陈廷思维缜密，两个人正好互补。

第一次见到陈廷的时候，蒋舒的脑海里只有两个字“儒雅”，再无别的感觉。他的穿衣风格中规中矩，一看就是家教良好的孩子。而蒋舒，则穿着破洞牛仔裤，头发还是爆炸头，双手插兜一副小痞子的样子。所以，两个人第一次见面仿佛谁也不想搭理谁，名曰：“气场不合。”

在后来的接触中，蒋舒觉得陈廷有一种奇特的耐心，他总是能够将他自己的观点不厌其烦地进行表述，直到蒋舒接受才罢休。比如对于蒋舒的穿衣风格，他总是嘲笑她穿得跟小村姑一般。他认为当班长，要让被人信服，首先就要自己穿得端庄，这样才能给自己的工作带来积极的影响。

蒋舒一开始觉得他很烦，见到他就要躲着走，觉得从来没有遇到过如此啰唆的人。然而，随着他们交流的深入，蒋舒却对他的印象越来越深、越来越好。本来以蒋舒的性格，周围的人都不敢挑她的毛病，对她恭维的居多。突然出现一个这样整天吐槽自己的人，蒋舒竟然觉得他很好玩，很有意思。

放暑假的时候，蒋舒忽然觉得生活中仿佛少了很多东西，开始变得特别不习惯，但是却不知道是什么。直到陪母亲去理发店理发，看到镜子里的爆炸头，她这才明白原来自己感觉不习惯的原因竟然是身边少了陈廷的吐槽。

“妈，我的发型很难看吗？”蒋舒看着镜子里自己的爆炸头，第一次质疑自己的审美观。

“要多难看有多难看！”母亲撇了撇嘴巴道。

“李师傅，给我做个拉直！”蒋舒冲着店长摆了摆手，霸气地说道。

“不是吧闺女，我没听错吧？”母亲一脸错愕，下巴差点就要掉到地上了。

蒋舒坐在镜子前，不再搭理母亲，却在专心地思念陈廷，想起他絮絮叨叨的样子，蒋舒忍不住笑了起来。

“舒宝贝是不是恋爱了？”店长调侃道。

“守着我妈，叔叔你可别害我啊！”蒋舒故意敛了笑容。

“舒舒啊！真交了男朋友就带回来给妈妈看看啊！大学恋爱很正常，妈妈可不是老古董！”母亲在一旁喜笑颜开。

“老妈，你是怕我嫁不出去在家里啃老吧？”蒋舒无语地说道。

“是啊！像你这么顽劣的女儿啊，我一定要跟我女婿说好不能退货的啊！”老妈神补刀。

“还女婿？放心吧，没人看得上你女儿，你就等着我在家里啃老吧！”蒋舒说完便闭上眼睛静静地回忆陈廷啰唆的样子。习惯真的是可怕的，她现在竟然觉得陈廷的小眼睛竟有几分可爱。

历时一个多小时，蒋舒的爆炸头不见了，取而代之的是既顺又直的黑发。五官立体的蒋舒摇身一变，成了名副其实的大美女。

“舒舒啊，我曾怀疑你不是亲生的，今后老妈再也不怀疑了！”

“妈，你黑我！”蒋舒嘟嘴。

“走，这发型必须配条裙子啊！老妈给你掏腰包！”

那天，一向抠门的母亲竟然一口气给蒋舒买了六条裙子，借以弥补她那缺失的少女记忆。因为在母亲的记忆里，顽劣的蒋舒整日上树、爬墙，根本就没有穿过裙子。

那天晚上，蒋舒穿着裙子站在自家的镜子前看了又看，心里竟然没有了抵触，眉开眼笑，漂亮的眸子里满是甜蜜。

那个时候手机还没普及，蒋舒也只是将这份思念放在心底，整个暑假也安稳了很多，更多的时间里都是在复习功课。她知道他的梦想是留洋，而她的成绩并不突出，所以，她只能奋起直追。

终于开学了，她穿着白色连衣裙，踩着蓝色高跟鞋，头发柔顺地披在肩膀上。很庆幸的是，她来到学校第一眼看到的就是陈廷。她微笑着向他打招呼，他却仿佛没看见一样，从她的身边走过。

“喂！帮我拿东西！”她招呼道。

“啊？你是——”陈廷转过头仔细打量，脸红到了脖子根。

“傻愣着干吗？没看我的东西特别多吗？”蒋舒指着行李，一脸不爽。

“哇，你是蒋舒？这变化也忒惊人了吧？简直从小村姑直接变到大美女啊！”陈廷不停地转过头来偷看她。

“现在我不是小村姑了吧？”蒋舒浅笑道。

“嗯嗯嗯，仿佛一个贤良淑德的良家妇女！”陈廷有些害羞地说道。

蒋舒的形象变化让所有认识她的人都吃了一惊，他们都没想到爆炸头下是如此清秀的少女面庞。蒋舒和陈廷的关系越来越好，情愫在蒋舒心中愈发浓烈，她想将自己的心意告诉陈廷。

周六的晚上，她约他来到操场，他刚刚踢完球回来，他穿着黄色的队服，额头上都是汗。

“大晚上的约我干什么？想跟我告白啊？”陈廷一脸憨笑。

“对啊！跟你告白！我喜欢你！你喜欢我吗？”这些话她在心里已经练习了一千遍了，所以此刻她迫不及待地说了出来。

陈廷手里的球“砰”地掉在地上，打了几个滚儿便滚远了。

“你怎么不说话？不喜欢我？”蒋舒有点儿生气的样子。

“我马上就要出国了蒋舒！我不想耽误你！”陈廷看着蒋舒，眸子里满是落寞。

“是吗？什么时候走？”蒋舒强忍着心里的痛，抬头看天，不让泪水流下来。

“下个月！”

“好！”蒋舒艰难地将这个字说出口，便转身离开。她告诉自己走得慢一点，不要跑，不要让他看出她的伤心和难过。然而，她终究是想要快一点消失在他的面前，她的泪水还是不争气地流满双颊，她颓然地推开宿舍的门，趴在床上，将心里所有的委屈都哭尽。

那天后，蒋舒将所有的裙子都锁了起来，头发也剪到齐耳的长度。她肆意挥洒着自己的青春，不再让自己有任何拘束。

他到底还是走了，她没有去送他，托舍友送了一张他最喜欢听的CD。

两年后，他发一封email（邮件），说她被人骗了，买的盗版。她笑着将邮件删除了，连同他的联系方式。她考了两年，雅思成绩都不理想，她真的尽力了，而他并没有把她放在心上。她累了、倦了，不想给自己留下任何的念想、任何的希望。

爱情，比任何事物都顽劣，她知道自己如果再沉迷下去就会无路可逃。她要向前看，向前走，走出情感的桎梏。

时光将青葱岁月里的暗恋埋藏，她也试着放下他，谈了一段又一段不深不浅的恋爱。终究，她披上了婚纱，站在了另外一个男人的身边，过着平淡而幸福的生活。只是偶尔，在午夜梦回时，会突然想起他，如同窗外那道浅浅的月光，一晃即逝。

像张嘉佳说的那样："你爱过他，就是永远爱过他，以后你会爱上别人，但你的世界会更加完整，可以住得下另外一个人。"

这就是青春，爱过，就爱过吧。

爱在心口难开

华田子

曾经最爱吃酸菜鱼的陈健突然一反常态，闻到酸菜鱼的气味就犯胃绞痛。他与酸菜鱼之间到底有什么恩恩怨怨?

一切还得从头说起。

2016年9月，一场雨扫过夏季最后的炎热，带来了清凉的气息。雨从上午开始下，到了傍晚依然没有打算停的意思。

市区某保险公司的屋檐下，站着一个俏丽的身影。

舒琴是这家保险公司的一名推销员，由于明天部门要开总结会议，需要准备的资料有点多，偏偏她早上又迟到了，便留下来加班整理资料。等到整理完资料准备回家的时候，舒琴的气就不打一处来。因为她明明看过天气预报，今天会下大雨，于是提早把伞搁在鞋柜上，结果早上走得太匆忙，忘拿了。

唉，真是祸不单行。

就在这一瞬间，舒琴想起自己的办公桌抽屉里好像有一件雨衣。转身欲折回，公司大门却被保安锁上了，这下可如何是好。

正当舒琴准备冒雨赶路回家的时候，一辆黑色商务车鸣着喇叭缓缓停了。一名青年男子下了车，撑起一把黑色的雨伞走了过来。

“你好，我是陈氏装修公司的陈健，请问你们这里下班了吗？”

“是的，您是来办理保险业务的吗？”

陈健诚恳地点点头，说明了自己的来意。他是一家装修公司的总经理，这次来主要是想给公司员工办理团体保险业务。舒琴点点头，说投保前需要了解他们公司的情况。

简单寒暄了几句后，舒琴上了车。不到 20 分钟就到了陈健的公司。陈健公司的办公环境时尚且气派，不愧是搞装修的，术业有专攻嘛。

看着看着，舒琴冷不丁打了一个喷嚏。估计是穿得太少，虽是九月却早已立秋，加上连续降雨，气温急速下降，穿夏装不感冒才怪。

“老李，把柜子里那件风衣拿过来。”陈健对一个工作人员吩咐道。

叫老李的中年人找了好一会儿都没找到，悻悻地对陈健摊摊手。

陈健没办法，只好亲自去取。

舒琴腼腆地说了一句谢谢，让他替自己披上了外套，心中为他偷偷打了五星好评。

陈健简单介绍了下公司情况，公司有内外勤人员五十来个，且介绍了他们大概都在什么年龄阶段。两人随后在办公室里开始做预算，舒琴的业务能力还是相当不错的，很快做完了预算。

陈健松了一口气，突然站了起来，做出个邀请的姿势，表示想请舒琴吃个饭。舒琴也想趁此机会好好和客户聊聊，做更深入的了解，于是爽快地答应了。

两人来到了当地颇有名气的一家川菜馆，点了几道菜，其中有陈健最爱吃的酸菜鱼。这种酸辣的口味让人吃过一次，就会爱上一辈子。

席间，陈健与她相谈甚欢。其实舒琴并不知道，这不是他们第一次见面，她只当陈健是个普通客户。

就在一个月前，那时天气还很炎热，白天的气温将近四十摄氏度。中午，舒琴撑着遮阳伞赶往客户公司，走着走着路过一条小巷，瞥见墙根下坐着一个老妇人，旁边还站着一个正在哭泣的小孩。

舒琴上前一看，老妇人八成是中暑了，幸好她在进入保险公司之前，做过两年护士，处理这些问题还是比较有经验的。于是她马上拨打了 120，自己就开始对地上的病人进行抢救。自始至终，舒琴始终没有留意到一件事情，当时路边上正停了一辆黑色商务车。

车上坐的不是别人，就是今天正坐在她对面的陈健。

陈健是去那个地方见客户的，没想到下了车空调忘记关了。一上车才发现车子打不着了，拨打了朋友的电话后，在那里无聊地用手机拍小视频发朋友圈，拍着拍着，刚好拍到了正在抢救病人的舒琴。

清秀俊丽的脸庞，苗条修长的身材，再加上一身修身的正装。咦，这女的不像是医护人员啊，可是看这手法，如此的专业。由于车外温度太高，陈健没有打开车窗，他隔着玻璃，偷偷录下了这一切。

这样好心肠的女孩子真的不多了，而且看着装非常讲究，处理事情也是有条不紊。眼前的一切，自己这个 27 岁还没谈过恋爱的小伙子竟看得有些心猿意马了。

回到家后，陈健打开拍摄的视频，反反复复地看了好几十遍。猜测着这个女孩儿会在哪里上班，好约她见个面。皇天不负有心人，陈健留意到了她胸前的一个徽章自己貌似在哪里见过，但是无论如何又想不起来。于是他截图下来，发到朋友圈里，请求大家帮助。

才几分钟就有个网友回复了他，说这是某某保险公司的司徽。陈健再通过电子地图查到了这家公司在本市的分公司，接下来的一个月里，他几乎每天下午都要来这里一趟，只为了再见那位姑娘一眼。

刚开始他还信心满满，一个月过去了，他开始各种猜想，是不是这个女孩跳槽了，或者是她生病了，又或者……但凡能够想到的可能他都想了。那种迫切地想和她再见一面的想法支撑着他一天又一天地坚持了下来。

"你的等待，不一定能有结果，不等待的人，永远不会有什么结果。"陈健心里默念这句话给自己打气。

那晚，雨那么大，打着伞、披着雨衣的人们在他眼前来回穿梭，他把头压在方向盘上。

他正准备回家时，发现公司大门口还站着一个人，咦，这个人正是他要找的人。他高兴地拍了拍自己的脸，这是真的，不是做梦。

于是才有了故事开头的一幕。现在舒琴正坐在他的对面，这个大男孩事业上还是挺成功的，可对于感情这种事情，简直就是白纸一张。

在舒琴的记忆中，他们就是第一次见面。

"你愿意听听尼采关于爱情的看法吗？"陈健不知该说什么，突然想起尼采曾经说过的一句话。

舒琴点点头，给了陈健一个微笑，示意他讲。

"对待爱情，你不妨大胆一点，因为我们始终要失去它。"

其实尼采的原句是关于"生命"的，陈健一时兴起，篡改了句子，他在委婉地表达爱意。

舒琴心里似乎明白了什么，但她不敢乱加猜想，面上仍不动声色，两人继续有一搭没一搭地聊着。

饭后，陈健坚持开车送舒琴回家，舒琴推辞了半天不成，只好勉强答应了。后来，他们又陆陆续续见了几次面，吃过几次酸菜鱼。

那天，刚好是七夕。

陈健特意去花店订了一束火红的玫瑰，驾车等在舒琴公司的不远处。他知道，如此做法太过大胆，甚至是轻率。毕竟，他们正式认识才一个月，贸然地表白会有什么结果呢?

临近晚上六点时，怀着忐忑心情的陈健总算等来了舒琴的身影。看着那个魂牵梦萦的女孩一步一步踏出公司的大门，向着他的方向而来。陈健的心，就不由得突突快速跳个不停。

正当他准备从阴影里走出来，迎上自己的幸福时。

突然，有一个与舒琴穿着同样制服的男人匆匆追了上来，他的手中，也握着一束红玫瑰。

男人追了上来，强势地将手中的花塞到舒琴怀里，然后连人带花一起紧紧拥住，高喊:“琴琴，嫁给我吧！”

舒琴含泪点头，一脸幸福的模样。

爱在心口难开，陈健转动车钥匙，默默地开车走了。

打那之后，他就不爱吃酸菜鱼了。

或许他觉得自己像极了生活在养殖区的草鱼，毫无征兆地被人捞起，投进爱情的酸辣汤底中。本想一味地畅游其中，殊不知当浓浓的热汤汁漫过身躯的一刹那，他的爱情便像煮熟的鱼肉，散落殆尽。

不要走得太快，请你等等我

伊沫儿

持续不下的高温，让大地变成了一个大蒸笼。

2016 年 8 月 28 日，小月穿着婚纱挽着子末的手步入婚姻的殿堂。他们虽然经历了很多坎坷波折，但最终有了一个完美的结局。

站在礼堂中的牧师是子末的爷爷，他念着圣经，由衷地祝福着眼前的新人。看着他们灿烂的笑颜，他明白了其实没有留过学的孩子同样非常优秀。

五年前，小月收到了上海理工大学的录取通知书。与父母道别时，小月的父亲一再嘱咐她要好好学习，将来争取在上海扎根，找到属于自己的幸福。

经过二天的车程，小月顺利到达了上海。她刚入校门，远远地就被一个磁性的声音所吸引。那是一位清朗俊逸、五官精致的男生，他正缓缓地向小月走来。

他递上了一张宣传单："你好，你是新来的学妹吗？"

小月点点头，接过宣传单，抬头狐疑地看着这位帅哥。

子末看见了一双黑又亮的眼眸，一张没有丝毫修饰的脸，甜而腼腆的微笑，还有两个小小的酒窝，就似装着幸福的酒酿，一看即醉。

在这喧嚣的大上海很久没能看见这样的眼，这样的脸，这样的笑容。子末感觉一阵清风扑面而来，仿佛看见一汪山泉微微荡漾，让心宁静而不染纤尘。

宣传单上印着学校的分布图，小月还未来得及开口询问，他便主动关心："你是哪个系的？我带你去宿舍。"

小月深深地吸了口气，向他介绍了自己的情况。小月的微笑给杨子末留下了深刻的印象。子末也就这样闯入了小月的世界，他带着她参观校园，详细介绍学校的历史。

小月注视着眼前的子末，他唇角微微勾起，漾出好看的弧度，黑曜石一般的眼睛里有着柔柔的光，他看着她，像是看着一朵守护了千年才绽放的睡莲，周围的阳光和他的眼神一样温柔。一时间，小月有了怦然心动的感觉。

同为工程系，子末比小月大一级，他时常以师哥的身份照顾和关心小月，逢年过节总会送些让小月惊喜的礼物，还带小月到上海各个景点去游玩。他们时常相约到湖边散步，到图书馆看书……

2 月 14 日情人节这天，子末陪着小月在学校图书馆里静静地看书，当其他同学陆续消失在图书馆时，子末悄悄地关上了灯，小月惊慌失措，不停地呼喊子末。

“子末，子末，你在哪里，我好害怕……”

黑暗中，一点光亮从书柜后慢慢移向小月身边：“爱你不是两三天，每天却想你好几遍……”子末唱着小月最喜欢的情歌，一点一点靠近。

小月眼中泪光闪闪。一点儿烛光，一室温暖，他们四目相交。那一天，小月的爱情之门打开了。其实她在心里早已坚定了信念——今生非子末不嫁。

子末执着而倔强，凡事总爱争第一。学习上他是年级第一名，生活中他是诸事小能手。

因为子末的优秀让小月吃了不少苦。室友经常戏弄她，让她带着模范学生来帮忙收拾宿舍；若遇打饭拥挤的困境，也打趣她应该通知模范学生来帮忙。学习上，成绩中等的她更是受人嘲笑，都说她是一个“攀龙附凤”的人。

每每听到这些讥讽的话语，她都隐忍不发，虽然自己并无“攀龙附凤”之心，但子末太优秀，自己根本配不上他。

小月曾犹豫过，她觉得自己与子末差距实在太大，于是很是自卑胆怯。子末看出了小月的心思后，就不断地安慰小月：“月，优秀不是与生俱来的，其实谁都可以做到的，只是看你愿不愿意去做。我相信你可以的，你不用担心，有我在身边，你一定能成为最棒的自己。”

从那天起，子末开始辅导小月学习。除了课堂上，他们还经常利用休息时间一起研究工程理论。很快，小月的成绩突飞猛进，她惊喜地发现爱情成了她学习的动力，子末一直引导着她前行。

一天晚上，两个人走在湖边，四周静谧美好。似圆盘的银月倒映在湖面上，她看着他们两个人的影子一前一后，而自己的影子却像极了子末的尾巴，紧紧跟随。

然而，子末比小月高一级，而且成绩优秀，家境又好，他爷爷还是知名企业的总裁，子末迟早会出国留学。可小月只是一名普普通通的大学生，子末最终是不会要她的。

她也十分担心子末毕业那一刻……

果然，担心的事情还是来了。

子末在毕业的当晚告诉小月，他要去美国的乔治梅森大学留学，并且会留在国外。因为这是他爷爷的愿望，他是他们家唯一的孩子。他的责任和义务就是承担起管理家族企业的重任。爷爷和父亲创业实属不易，所以从小爷爷、爸爸、妈妈对他很严格并对他有很高的期望，让子末接管家业也是他们毕生的心愿。所以他不能辜负他的爸妈。但是他也不想辜负小月。他希望小月为他做一个决定。只要小月要他留下，他绝不离开。

小月知道，自己爱子末，那就应该爱子末的一切，并且不能让他为难伤心，应该助他实现理想。小月鼓励子末出国，并告诉他：一个男人最重要的就是担当，不是儿女情长。说不一定，学成后爷爷、爸爸、妈妈不会强迫他留在国外，会让他回来管理国内的企业，这样他就又能见到自己了。

子末走了，是小月送走了子末。

后来，小月给子末发了一条信息：“子末，好好努力，有缘再见。”

然后小月换掉了手机号，不再上 QQ、微信。

一年之后，小月毕业了。

毕业后的她更加努力。她留校当了助教，因为她要快速提升自己，去追赶远去的子末。

没有了子末的帮忙，一切全凭自己的努力。当她要报考乔治梅森大学的消息传开时，同学们都嘲笑她：好好的生活不要，非要追求不切实际的东西。

小月充耳不闻，她时常用子末的话来鼓励自己：“其实谁都可以做到的！”

2016 年 7 月，一家知名公司来到理工大学，他们拿出一项工程设计方案。公司负责人告诉校方，工程设计里面有一个严重纰漏，如果处理不当，工程将会被否决，这会对他们公司造成上亿损失，而且公司目前已经想尽所有办法，却无人能解决此问题。

小月因为攻破工程系多项工程难题而有幸参与此次研究，当设计图落到她手里时，她对着电脑仔细核对，反复推敲。终于，她找到了破解办法。

“经理，你好，我找到了设计中的纰漏，但我有一个条件……”

经理将小月的要求第一时间反馈给了公司董事会，其负责人告诉经理必须无条件满足她。当她坐在公司贵宾室时，一种自信感充盈着她的全身。

10分钟后，一位白发苍苍的老人坐在了小月的对面。

“小姑娘，我可是推掉了重要的项目来见你，你可不要让我失望！”老人带着一丝疑惑地看着小月。

“在开始之前，我想请问，您是子末的爷爷吗？”

老人微皱眉眼：“你是？”

“我是谁不重要，重要的是我能解决你们的难题。”

当小月将自己的设计方案和设计施工计划方案摆放在老人面前时，老人投来了难以置信的目光。

他连声说：“国内的孩子真棒！”

小月的能力被老人肯定，但让老人不解的是小月为什么要必须面见自己才肯说出解决方案。

原来小月是想告诉老人，帮他解决工程方案的不仅是自己，还有子末。

老人得知小月和子末的故事后，非常感动。他问小月想要什么，小月却告诉他，想请他问问子末还想见她吗。

在小月离开会议室后，老人拨通了美国的电话：“末末，你一直在找的小月回来了！”

8月初，小月来到机场，迫切地守候在候机室里。子末的航班顺利抵达上海时，小月怀着激动的心情走进等候区。她整理着自己的衣衫，双眸紧紧地盯着C区出口处。

小月看见了那个思慕已久的身影。是他！是子末！小月潸然泪下……

子末也看见了小月，他急速奔跑起来……

当他们紧紧相拥在一起时，这个世界静止了，只听得见他们抽噎的声音。

礼堂里，担任牧师的爷爷亲自为他们送上最真诚的祝福。

人生往往就是这样，不要认为与爱的分别就是永远的分离，只要怀有不放弃的信念，那你终将到达幸福的彼岸。

记得你原来有张娃娃脸

坼双瑜

星期五晚上，我们一些旧友照例约在一起吃吃饭喝喝酒聊聊天。大多数的“加班狗”再苦再累，也会选择在星期五的晚上放松一下，补充能量。

城市热闹非凡，我们也不甘寂寞，酒足饭饱之际总会找点事情取乐。大家最喜欢玩的一个游戏是真心话大冒险，这样既刺激又满足人们的窥探欲。

第一轮啤酒瓶指向了一个男生，有人迫不及待地问：“你和你上司有过故事吗？”周围的人幸灾乐祸地哄笑。他不急不慌地回答：“没有。只有事故！”“哈哈哈……”大家左推右搡，有些人趴在别人的肩头尽情地笑。闹过一阵，又开始新一轮的游戏。

第二轮啤酒瓶指向了乐雅。徐良问：“你的脸是爹妈给的吗？”乐雅很明显地愣住了，向我投来无助又疑惑的目光。我睁大双眼，赶忙轻轻地摇头，表示不知情，也表明自己的无辜。

乐雅介意我就跟着紧张。这群朋友，大多都是来到这个城市打拼后彼此慢慢相熟起来，约在一起玩乐的。只有我和乐雅之前认识，她和我同校同级不同系。我们在社团活动上认识，之前偶有联系，那时她有点儿微胖，留着短发，长着一张娃娃脸，一笑起来的时候，左边有一个梨窝，就像真人版的福娃娃在对着你笑。

年少的乐雅是个吃货，我在绿色环保社团遇到她的时候，她总在和大家分享好吃的。有时候是甜酸鹅掌，有时候是卤过的柠檬鸭爪，有时候是红豆糖水，其实都是些女孩子们爱吃的吃食，大家喜爱得紧。

绿色环保社有一位玉树临风的帅哥，名叫程楠。程楠用现在时髦的词来概括就是禁欲系的高帅富。他有冷清的气场，凛然的眼神，但凡他在，我们的说话声都会自觉地下降八度。

乐雅那时候很迷恋他。其实当年，这种冷面帅哥一点儿都不吃香。所以，大家看到乐雅笑呵呵地跑过去找他，都暗暗地替她鼓劲儿加油。

程楠对乐雅的讨好有点冷眼旁观的味道。乐雅给他占座，他说谢谢；乐雅在饭堂遇上他要和他拼桌，他说忘了给哥们儿带饭要赶紧走；乐雅冲到宿舍要给他洗衣服，他说衣服都拿去洗衣站了。

乐雅虽说是乐天派，但是总是对着一坨冰块展露笑容，谁都会懈怠。我记得，有一回，她在社团里向大家取经。青春年少，勇气滔天，乐雅毫不隐瞒，将自己的心思详细地剖析。大家吃着她的糯米糕，看着她圆圆的娃娃脸，热烈地讨论着那些女追男的套路。

乐雅苦恼地嘟着嘴。“我都知道。”“我也去试了。”“这招我也用过。”最后她伏在桌子上，用食指咚咚敲着桌面：“不是说女追男，隔层纱吗？我的纱是金刚石做的吧。”她倒在了桌子上。

“男人都是视觉动物，他估计是不喜欢你这款娃哈哈类型的。”桌子上的美食差不多都进嘴里了，有人慢慢地揭露事实。“是的，从外貌而言，男人喜欢蛇蝎型的。小倩啊、青蛇啊才是他们的心头好，不过羞于承认罢了。”有人接棒继续挖掘。

“蛇蝎型？”乐雅赶紧低头打量自己，又用手捏捏自己脸上的肉，她长长地叹了口气。当中有个戴眼镜的国字脸男人推了推眼镜，目光垂下说：“也有喜欢你这样的乐天派，不过你可能没感觉到。”

众人听出了别样的意味，都赶忙看他。他咳嗽，用手握拳捂着自己的嘴，可是他飘去看乐雅的眼神还是被大家捉住了。大伙儿掩嘴而笑。可惜，乐雅沉醉在自己的心事里，不停地捏着自己的脸，絮絮叨叨。

所有的手段方法用过之后，人们往往还会执迷不悟。因为我们总会侥幸地以为对方没有确切地理解自己的心思，因为我们也总想着赌一把。

乐雅在某个晚上，把程楠从宿舍拽到了莲花池边上。那天，她难得穿上了裙子，就像灰姑娘换上了水晶鞋。可是王子不为所动，冷冷地告诉她："我不喜欢美少女，我喜欢成熟有韵味的女人。你和我心中那个她有着云泥之别。"

乐雅的心都碎成了玻璃碴，她绕着校园的林荫道一直跑，正好撞上了那天那个戴眼镜的国字脸。他是徐良，经常和乐雅一起跑宣传，去找团会的老师帮忙协调。错过饭点的时候，他们也经常一起去校外拼桌。他是乐雅的工作搭档，也是乐雅的零食后备站。

徐良拦住她，看到她哭红的眼睛，猜到了些什么，于是也跟着糊涂地表白："我喜欢你很久，只不过一直按捺不动。"乐雅看向他的眼睛，他眼里正好是自己的影像。她问："你喜欢我什么？"

徐良搔搔后脑勺："我喜欢你的娃娃脸，永远没有烦恼的乐天性格。"这是很实诚的回答。乐雅吸了吸鼻子，泪眼汪汪中见到自己肥嘟嘟的圆脸，想起刚才听到的话，一点都没有开心。她摇了摇头，拒绝了徐良。

多年后，我们因为工作关系而再次相遇的时候，她和我说起这一段，我很好奇：为什么徐良没有继续努力？"因为我说，"乐雅顿了下，"娃娃脸好欺负是吗？你们看到都想调笑？"乐雅觉得她正是因为这一点而惨遭拒绝，而这缺点又离奇在另一个人身上获得认可。那么她认为这肯定是他们开的玩笑。

在那之后，乐雅开始心无旁骛地减肥，有意识地控制自己的体重，那些馋嘴的小吃再也不买，晚上从来不吃夜宵。之前，她就是宿舍的"厨宝"，煮个方便面都香飘十里。之后，她成了素食仙女，说起膳食卡路里如数家珍。

大四的时候，乐雅成功瘦身，穿上连衣裙后就是腰身窈窕的美女。可是她总觉得不够，她当时经常看时装杂志，她意识到那些闪耀着光芒的女子都脸颊瘦削，眉目纤细，无论穿什么都自带迷人的风情。

大学毕业后，她攒了点钱到美容医院做微整容。看着自己容貌的变化，她自然是欣喜，然后是恐慌。爱美之心人皆有之，可是对于美的态度，有些人一方面羡慕一方面又暗搓搓地痛骂那些为美动刀的人。

为此，乐雅换了工作换了生活的城市，她不想被过去打扰。

在现在的城市工作几年后，碰到我自然是意料之外的事。乐雅认为自己微整形的事已经尘埃落定，周围的人相处得也是轻松愉悦，她不想折腾挪窝，于是她约我追忆从前的时候就袒露心迹，让我为她的容貌保密。

我看着她姣好的面颊，还曾经一度地寻找那张娃娃脸的痕迹，她一笑有一个淡淡的酒窝。可惜，瘦脸成功的她也失去了让人追思的梨窝。

我看着乐雅，就像看到很多迷离灯下的女子。其实，我也害怕追问自己，那张娃娃脸是青涩是不谙世事，是年少岁月又蠢又笨拙的代表，可是为何我却难以从容面对？或许因为我们都有个自卑而希望讨好他人的性格。

如果我们讨好的仅仅是自己，就应该理直气壮，无论哪个状态都应满心欢喜。

满秋思赋予卿，春风十里不如你

安如墨

我与洛洛相识，是在她男友张腾消失的第三个年头里。

那天晚上，我们同事聚会 K 歌，在 KTV 走廊里，我与洛洛撞了个满怀，手里的手机不慎滑落在地，哐当一声，碎了。

洛洛赶紧将手机捡起来，一个劲儿地说对不起，说改天买个新的赔我。我说算了，又不是新手机，碎了不碍事。

可是她言出必行，第二天硬塞了一个新手机给我。

从那以后，我和洛洛熟络起来，变成了无话不谈的闺密。

此时的洛洛是一个出色的记者，同时也是一名青春文学作家，相貌姣好的她追求者众多，她却从来不为所动。

偶然间，我得知了洛洛与张腾的情感往事，心里很难受，不知道该用什么言语来安慰她。

洛洛却很平静地跟我说："事情已经过去了，我要学着放下。"

放下？不过是"自我安慰"的一种措辞。

"如果你真能放下，又怎么会这么多年一直单身？"

洛洛叹了一口气，几秒后，开口说："他负不负我都无所谓，我只是希望得到他的消息。知道他过得好，我也就放心了。只是这样吊着，我很担心他。"

这样的洛洛是让人同情的，那个叫张腾的男孩，她等了足足三年。

2013 年的暖秋铭记了一个叫张腾的男孩和一个叫洛洛的女孩深情的约定。

世间的每一分感情都要经受岁月的洗礼，接受严苛的考验，他们的这份感情也不例外。

那时，张腾 23 岁，洛洛 22 岁，两人同为新闻系实习生，在实习的新闻媒体公司认识。那时的他们整天为工作东奔西跑，日晒雨淋，很是辛苦，作为师兄的张腾对她照顾有加。

那时的洛洛每天想的都是如何将工作做好，如何将自己的业务能力提高，对于其他，从未多想。情感生活发生改变是在她工作的第八个月，因为小王发给她的一张图片而改变。

那条内容，洛洛到现在仍记忆犹新："撩妹是门技术活，你别跟我说你懂。"

霸气的字眼，诙谐的内容，让洛洛的心怦怦跳了起来。于是，她发了信息追问小王，图片的编辑人是谁。

张腾。一个出乎意料的答案。

不可能，从未看见张腾对哪个女孩大献殷勤，他怎么会懂"撩妹"技术？洛洛把这事当成笑话和张腾说。

张腾挑眉说："敢小看我，可是要付出代价的哦，小心哪天把你收编了，做我的压寨夫人。"

洛洛面色一红，心跳再次加速。这话如果换作是别人说的，洛洛可能会信，但若是张腾说的，她完全忽略不计。

虽然张腾平时和她走得挺近，但是他特爱开玩笑，最喜欢忽悠人。别人问他问题时，他爱说，你猜呢？你觉得呢？没人能看透他内心的真实想法。

所以说张腾打算“撩”她，纯属无稽之谈。

天生幽默的张腾和身边人处得都不错。他会拉着你在办公室里听他讲逸事趣闻，劲爆的内容、搞笑的气氛、欢快的语调，瞬间让人捧腹大笑，洛洛也愿意做那个倾听者。

别看他身材胖胖的，脸上也肉嘟嘟的，长相天生带喜感，可是往那里一站，却给人一种特殊的安全感。

不知道别人是否有同感，起码他给她的感觉是这样。只要张腾站在身边，洛洛汇报工作都格外有底气。

半个月后，洛洛收到部门主管的留言，公司有一批去外地培训的名额，问她要不要去。

这么好的学习机会当然不容错过，洛洛立马同意了，同行的还有张腾。

洛洛没想到的是，这趟培训之旅让她遭遇了一些不愉快的事，同时也让她对张腾的信任度又增加了几分。

洛洛虽无沉鱼落雁之貌，但也算小家碧玉型，十分耐看。

在培训机构，一名外单位的记者向她表白了，洛洛委婉拒绝。没想到那个人不但没有死心，反而死缠烂打，不停地给洛洛发一些恐吓信息。

在收到那些信息后，洛洛很害怕，她不知道如何是好。这时，她想到了一个人——张腾。

她把这件事原原本本告诉了张腾，他拍着她的肩膀，说：“妹子，不用怕，有我呢，他要是敢动你，他就别想在这个圈子里混了。”

他的话让洛洛心安了不少。

那名记者发过的恐吓信息，张腾让洛洛截图保存了，张腾又以个人名义给那个记者发了一条信息，内容简洁明了：如果你依然死性不改，那么就不要怪我张腾以恶制恶了。

之后的日子，不论洛洛去哪里，身后都跟着一条“胖”尾巴，张腾在她不远处时刻关注着她。只要有陌生男性刻意靠近洛洛，张腾都会站在他们中间，强行让他们保持距离。那位记者看到洛洛有保护伞，也就识趣地收手了。

闲暇时间，张腾准备好了一堆笑话，专门说给她听。洛洛笑得前俯后仰，阴霾的心情片刻转晴。

洛洛对张腾的信任感一点一点加深，另一种情愫油然而生。

学习回来后，两人的距离更近了，时常在一块讨论今日新闻热点、如何加深观众辨识度、如何打造话题等。也时不时一起用餐，讲着曾经的童年趣事，嬉笑一片。

一个夕阳西下的日子，张腾约洛洛出来，正式表白了。

他说：“洛洛，我从来都不会说什么甜言蜜语，我只知道和你在一起我很开心，我喜欢看你的笑容，喜欢和你疯、和你闹，如果你愿意和我携手走下去，我唯一对你的承诺就是一辈子让你做我的掌中宝。”

朴实的人，朴实的话，让洛洛热泪盈眶，她笑着拥抱了他。

那是一个暖秋的日子，蔚蓝色的天空在深秋时节一尘不染，晶莹透明，朵朵霞云照映在清澈的江上，鱼鳞似的微波，碧绿的江水，周围的一切显得分外绚丽。

两人就在深秋的日子里像模像样地谈起了恋爱，和所有的情侣一样，他们手牵手漫步，在山顶吹风，看夕阳西下，在路灯下拥吻。他们彼此许诺，毕业后就结婚，过他们期待的生活。

然而，不是所有的事都能如人所愿。在实习的最后一个月里，张腾离奇消失了，没留下一点踪迹，如同人间蒸发。

洛洛发疯一样地找他，能想到的人都问过了，甚至报了警，可是统统无果。

悲伤、痛苦、无助伴随着洛洛走过一个个春夏秋冬。

2016 年 4 月，洛洛新书签售会。这次签售会颇具规模，送祝福的人数不胜数，唯独没有她等的那个人。

未料，在签售会快要结束的时候，现场出现了偷盗事件，被盗的是一个有洛洛简介的招牌画架。

现场进行了秩序维护，签售会提前结束。管理人员报了警，警察介入调查。

警察调看了当天的监控录像，开始并没有发现异常，直到 15：20，一个戴墨镜穿连帽衫的男子走近了这画架。

男子一直站在那里，由于连帽衫挡住了头部，墨镜又遮盖了半张脸，警方无法看清他的相貌，只能看出他中等身高，体型微胖。

他久久不肯离去，后来似乎想起了什么，迅速扫视四周。

摄像头突然黑了一下，被什么东西遮住了，再亮起来的时候，画架不见了，那个男人也不见了。

这名男子行迹相当可疑，被警察列为重点调查对象。因不排除熟人作案，所以警察请洛洛过来辨认。

洛洛看着监控器的回放，觉得那名男子的身形似曾相识，忽略墨镜的话，他好像一个人，像谁呢?

是他——

“张腾！”洛洛大声喊道，她奔向监视器，激动地说，“警察同志，无论如何请帮我找到他。”

2014 年，张腾一家人去外地游玩时出了车祸，车上除了他，无人幸免。当他在医院醒来时，已失去了记忆。

几年间，他做过饭店服务员、超市主管。每天为了生计而奔波，生活中除了现结识的朋友，对于过往他一无所知，为此他很苦恼，甚至接受过专业的治疗，但是效果不佳。

一次醉酒后，他叫出了洛洛的名字，待到清醒时，他却记不起洛洛是谁，支离破碎的记忆里有张模糊的女孩脸。

他知道她对自己很重要，却无论如何都想不起来了。

原本这次张腾是来参加培训的，今天培训完毕随便出来逛逛，没想到路过这里，遇上了签售会，待看到了画架上的女孩，他的头无缘无故地痛起来。

他不知道这个女孩是谁，只知道她有可能唤醒自己的记忆，于是他观望四周，趁无人注意时，用旁边的彩带缠住了摄像头，将画架偷偷拿走了。

只是张腾并不知道，这个世上还有一个人，记得他的脸，记得他的一颦一笑，记得他所有的事情。当他出现在洛洛面前时，他被她那锐利的双眼牢牢捕获。

阳光从窗子斜射进来，全数洒在张腾的身上，他的柔软的头发被染成金色，脸庞像涂了一层华美的油彩，带着某种魅惑，让她的目光片刻都不能移开，只是他的眼里没有了以往对她的眷恋。

夕阳西下，洛洛领着张腾出了警察局。

晚秋的天空，湛蓝得像一望无际的汪洋，柔和的红光在空中跳动，像海面泛起的波涛。此情此景，让他突然想起记忆中的暖秋阳光，想起阳光下微笑的女孩，只是她的脸模糊不清。

他转头看了下洛洛，浅浅微笑，不知为何，心间泛起一丝甘甜。

洛洛一下投入了张腾的怀里，他迟疑了一下，拥住了她，没有语言，没有泪水，只有紧紧的拥抱和无尽的想念。

记忆中女孩的脸与现实中的洛洛重合了，他的记忆在一点点复苏……

记忆的深处，深藏着某些人，某些事。无论记忆如何消亡，曾经全心全意爱过的人，都会有那么一瞬间的情愫停留在你脑海中，挥之不去，成为你生命里的朱砂痣。

以时光为笺，蘸月色为墨，谱一曲天荒地老。在爱人眼里，春风十里不如你，秋思满地尽是卿。